UN LUGAR EN MEDIO DEL MAR

Un lugar en medio del mar

© 2025 Alejandro Landers Delgado

© 2025 Editorial libro abierto

Corrección del texto: Coaching editorial

Legal deposit, Library and Archives Canada, 2025.

Foto de la portada: Canva

Primera edición: noviembre 2025

ISBN: 978-1-7380678-2-4

UN LUGAR EN MEDIO DEL MAR

ALEJANDRO LANDERS DELGADO

EDITORIAL
LIBRO ABIERTO

A Jorge y Nelson

"Morir con orgullo, cuando ya no es posible vivir con orgullo"

Friedrich Nietzsche. El Crepúsculo de los Ídolos.

1

No me gusta viajar en avión, tengo que admitirlo, así esté montado en uno de ellos en este momento. No quiero aburrirlos contándoles el origen de esta actitud aberrante y primitiva que gobierna mi lado más débil. Solo les diré cómo me siento cuando tomar un avión es algo impostergable: que a cada despegue retengo la respiración, con el vehemente deseo de que el aparato alcance la altitud requerida para volar libremente y no se estrelle allá abajo, entre la maraña de casas y edificios diminutos que albergan gente aún más diminuta. Que en cada aterrizaje es todavía peor, pues, mientras siento que la nave desciende y las nubes dejan al descubierto el suelo, yo me aferro con las dos manos a los brazos del asiento. Que lo hago disimuladamente, para que mi desconocido compañero de viaje no se dé cuenta de mis temores y se ría de mí mientras piensa que a su lado va un cobarde de aquellos.

No me culpen si siento vergüenza de mi miedo a volar. Pese a que estoy al tanto de que hay miles de personas que sufren este miedo irracional, el sentimiento de culpa siempre me acompaña. Ni los cientos de vuelos al día que entran y salen de los aeropuertos sin ningún problema, ni las estadísticas que indican una mínima posibilidad de accidentes aéreos; aplacan la angustia que me invade en los minutos iniciales y finales de un viaje rutinario por los aires.

El avión en el que viajo es un Airbus A320 serie D, de un solo pasillo, con capacidad para unos ciento cincuenta pasajeros y con autonomía para recorrer una distancia de unos seis mil kilómetros. No sé por qué, pero esta información la busqué antes de comprar el billete. Lo hice, tal vez porque siento que este viaje tiene una trascendencia única para mí, porque es un viaje sin retorno, uno que me llevará a donde nunca pensé ir hasta que tomé conciencia de mi futuro y las consecuencias que acarrearía el seguir prolongando mi estadía en este planeta que amo.

El avión está lleno de pasajeros. A mi lado están sentados una anciana conectada a un balón de oxígeno y un hombre de unos treinta años de mirada triste y perdida. Miro al techo y emito un suspiro. No sé si sea de angustia o alivio, o tal vez de ambos sentimientos. Quiero llegar ya a mi destino, pero también desearía que el avión tuviera un desperfecto y que efectuara un viraje de ciento ochenta grados para regresar al punto de partida. Así me siento y sé que es una contradicción, porque estoy dentro de este avión gracias a una elección que fue larga y meditada. Nunca en mi vida había sopesado tanto los pros y los contras de una decisión como la que me hizo adquirir este billete y abordar el vuelo de cinco horas en el que me encuentro. Nadie me obligó a hacerlo, nadie influyó en mí. Nadie.

Me acomodo en el estrecho asiento de clase económica y me pregunto si hice bien en no hablar con nadie acerca de embarcarme en este viaje. No hablé con mis hijos, ni con mis hermanos, ni con mis amigos más queridos, que se cuentan con los dedos de una mano. Lo hice a sabiendas que, al llegar a mi destino, las autoridades me preguntarán si mis familiares tienen conocimiento de ello y, ante mi negativa, seré obligado a rellenar mil formularios para atestiguar que mi decisión ha sido tomada con la plena conciencia de las consecuencias de tal acto. Seré escrutado y analizado como un simio en un laboratorio para no dejar dudas y sospechas de que lo que hice fue gracias a mi libre albedrío.

Escucho que la azafata se acerca empujando un carrito rodante y me pregunta si deseo algo de tomar, obviando a la anciana que dormita y al joven a mi costado que niega con la mano el ofrecimiento. Debido a lo corto del vuelo y al signo inequívoco de la carrera en el que se encuentra inmersa para reducir costos y poder seguir operando una ruta tan popular y deseada por la competencia, la aerolínea solo ofrece bebidas y bolsas de maní durante el trayecto. Y es que desde que mi destino se abrió al mundo, la demanda aumentó de manera exponencial. Al parecer, últimamente, la muerte se ha vuelto muy atractiva.

Digo que sí. Destrabo la pequeña mesa de plástico adosada en el espaldar del asiento de adelante para que tome una posición horizontal y espero con ansias la Coca-Cola con hielo que refrescará mi garganta y añadirá cinco cucharaditas de azúcar a mi organismo. Niego con la cabeza el ofrecimiento de las bolsitas de maní y tomo el primer sorbo del líquido negro y burbujeante. Lo hago tan bruscamente que mi nariz se irrita y mis ojos lagrimean.

Consulto el reloj enlazado en mi muñeca. Quedan todavía tres horas de viaje. Con ánimo desganado y para quitarme las ideas negativas que me vienen a la cabeza activo la pantalla que se encuentra delante de mi asiento y busco alguna película que me entretenga. El menú que aparece no es muy nutrido. Solo hay cuatro opciones: películas religiosas, de comedia, románticas y documentales. No hay cintas de acción, terror o thrillers. Ninguna que muestre, de alguna u otra manera, la muerte, cuando esa palabra, estoy seguro, está en la cabeza de cada uno de los pasajeros del avión.

Descarto las tres primeras opciones y escojo los documentales. La mayoría son sobre la tierra y la naturaleza, otros son sobre el universo y la ciencia, y unos pocos sobre temas variados. Me detengo en uno de ellos: tiene por título el nombre de nuestro destino. Me imagino que hablará sobre la historia del lugar y de cómo se convirtió en un sitio ideal para gente de todo orden social. Una historia de estoicismo y paciencia por dónde se le mire, y que cambió la manera de ver el mundo de manera radical. Adonde voy no importa el porqué (cada persona tiene sus motivaciones), ni el cómo (detalladamente explicado antes de tomar el vuelo), solo importa el cuándo y el poder soportar espartanamente, sin caer en la locura, los pocos días que separarán nuestra existencia de ese momento, medido en horas, minutos y segundos.

Seco el vaso de gaseosa, que viene acompañado de una servilleta de papel, y lo dejo en el portapapeles del asiento delantero. Pliego la improvisada mesa de plástico y me levanto para ir al baño. La nave está ya a velocidad de crucero, encima del océano; así que tengo permiso para desplazarme por el pasillo, salvo una llamada urgente del piloto que nos conminará a sentarnos nuevamente. Salgo de mi hilera de asientos y antes de enrumbar hacia el cuarto de baño me detengo y observo el interior del avión. Parece que los pasajeros no se movieran. No me parece extraño. Imagino lo que estará pasando en la cabeza de cada uno de ellos.

Camino los pocos metros que separan mi asiento del cubículo minúsculo que las compañías de aviación llaman baño, y veo que el aviso en la puerta indica que está vacío. Entro y cierro la puerta con seguro. Un sentimiento de claustrofobia se apodera de mí. No soy claustrofóbico, pero me imagino que esta ratonera debe provocar la misma sensación en todos los pasajeros. El chorro de orina choca en las paredes grises del inodoro oscureciendo el pequeño charco de agua que yace en la parte de abajo. Termino de miccionar, pero no suelto mi miembro: un pedazo de carne flácido y arrugado. A mis sesenta y cinco años ya no lo uso como solía usarlo hace algunos años. Ahora solo es un apéndice inservible que cuelga inerte. Fuiste un compañero fiel, le digo en voz baja, mientras lo agarro y lo levanto para que su único ojo me mire, como si tratara de convencerlo de que no se sienta tan mal, como creo que se sentiría si tuviera vida propia.

Salgo del baño y me topo cara a cara con un tipo casi de mi edad que espera a que yo salga. Paso junto a él y le sonrío y me devuelve la sonrisa. Lo dejo pasar mientras pienso si vale la pena ser amable y actuar con hipocresía. En este viaje no hay nada que ocultar. Uno puede ser uno mismo, sin tapujos. Hubiera valido igual si en vez de sonreírle le hubiera estampado un escupitajo en pleno rostro. ¿De qué sirve ser amable cuando es el fin? Pero las convenciones se imponen, aun cuando no son necesarias. Lo que

14

aprendimos de niños, lo que nuestros padres nos inculcaron: el respeto hacia los demás, las buenas maneras, el comer con cuchillo y tenedor, el no hablar con la boca llena dicta nuestro comportamiento y seguimos las reglas mecánicamente, sin preguntarnos si son buenas o malas, si son convenientes o no. Somos esclavos de nuestras costumbres. Y mis costumbres me obligan, como un programa informático obliga al robot, a sonreírle al tipo que espera detrás de la puerta del baño. Escuché alguna vez que en uno de estos vuelos el pánico se apoderó de los pasajeros y se mataron unos a otros, sin esperar llegar a su destino y recibir el servicio por el que habían pagado. A veces las costumbres dejan su lugar a la desesperanza y, cuando esto sucede, se devela el lado más primitivo de la existencia humana.

Me dirijo a mi lugar y antes de sentarme me quedo un momento de pie, en el pasillo, pues quiero estirar mis piernas. De pronto, noto que alguien se para a mi lado. Volteo el rostro y me encuentro, nuevamente, cara a cara con el tipo con el que me crucé hace un rato en el pasillo. Me sonríe y mientras lo hace, pasa la lengua por los labios.

—Hola, ¿puedo hablar con usted un momento?

—Lo acaba de hacer —digo extrañado, sin sonreírle, como para ponerlo al corriente de mi sorpresa y molestia.

—Es verdad —dice riendo y extiende la mano—. Me llamo Casimiro. Casimiro Puente.

—Mucho gusto —replico sin más remedio que aceptar el apretón de manos—. Edmundo Cabellos, para servirle.

—¿Y qué lo trae por acá? —pregunta y me mira con curiosidad.

—Lo mismo que a usted, ¿no le parece?

—Ja, ja —ríe como si se hubiera dado cuenta de lo impertinente de su pregunta—. Digo, ¿qué lo motivó a hacerlo?

—No me gusta hablar de eso.

—Pues yo sí se lo voy a decir. Mi esposa es una bruja.

Lo miro, en esta ocasión con genuino interés y, por primera vez, me fijo en sus rasgos: la cara redonda y colorada, adornada con un bigotito recién cortado, el pelo castaño claro y no muy abundante. Tiene el aspecto de un turista norteamericano alegre y bonachón. Noto que ha cambiado de expresión. De la expresión jovial que tenía hacía instantes, pasó a una de preocupación. Tal vez quiere desahogarse con alguien. Me encuentro con que yo soy el afortunado ganador de semejante privilegio.

—¿En serio?

—¿De qué país viene? ¿Qué profesión tiene? —me pregunta de manera apresurada.

—Soy peruano y también soy contador. Bueno, era. Estoy jubilado desde hace algunos meses. ¿Y usted?

—Empresario. Con mucho dinero. Millonario.

Me mira fijamente luego de pronunciar la última palabra, como si esperara que reaccione de alguna manera, como si me preguntara qué hace un millonario en un avión como este, como si la gente con mucho dinero no sufriera igual que alguien que tiene poco, nada o casi nada de plata.

—Cuando mi familia se enteró de mi decisión —añade al percatarse de que no iba a responder—, me dijeron que estaba loco.

—¿Eso le dijeron?

—Exacto. Me dijeron que un millonario no se mata.

—¿Y usted que respondió?

—Lo que le acabo de decir hace instantes, que mi esposa es una bruja.

—¿Por qué lo dice?

—Se quiere quedar con mi dinero. Lo he dejado todo a mis hijos, pero ella ha impugnado el testamento.

—¿Y por qué no, simplemente, llega a un acuerdo con ella?

—Ella no quiere conciliar. Lo quiere todo.

—¿Y el embarcarse en este avión va a solucionar eso?

—Claro —contesta con un brillo en los ojos—. El testamento se ejecutará según mis deseos. Además, el seguro no paga cuando uno se suicida.

Me siento mal por el millonario parado frente a mí. No está en el vuelo porque él lo quiere, está allí para castigar a su esposa. Me hace recordar a aquellas personas que, antes de suicidarse matan a los hijos y dejan al esposo o esposa vivos, justamente para hacerlos sufrir. Casi de inmediato, tuve empatía con él. ¿Acaso no era igual a él? ¿Acaso mis motivos no eran igual de egoístas? ¿Mi decisión no iba a herir a mis seres queridos? ¿Con la certeza de que es un acto consciente?

—¿No tiene miedo? —me pregunta.

—Por supuesto.

—¿Y por qué lo hace? —vuelve a insistir.

—Ya le dije que no quiero hablar de eso.

En eso, la voz del piloto suena por el parlante. Anuncia que están por aterrizar y solicita a los pasajeros que tomen sus respectivos asientos.

—Me voy —dice mi improvisado acompañante—. Suerte.

Le deseo lo mismo. Tomo mi lugar, pongo el asiento en vertical y miro por la ventana. Siento un poco de vértigo al ver las nubes que pasan raudas y vacías. Aprieto con fuerza los brazos de mi asiento cuando el avión se samaquea un poco. La voz del piloto vuelve a sonar luego de un chisporroteo electrónico:

—Estimados pasajeros, en veinte minutos aterrizaremos. En nombre mío y de mi tripulación, les doy la bienvenida a Castellanos.

2

Luis Enrique Castellanos Condori, hijo de padre español y madre peruana, nació un veinte de junio de dos mil diez en Madrid, España. Su madre, Eugenia Condori, emigró a ese país a los veintidós años para estudiar una maestría en derecho internacional en la Universidad Complutense de Madrid. Fue allí donde conoció al que iba a ser su esposo y padre de su hijo, Ernesto Castellanos, estudiante de la misma maestría.

Eugenia Condori era hija de padres ayacuchanos, criados en sendas familias que se dedicaban a la confección de retablos. Desde pequeña demostró ser muy inteligente. Fue por eso que cuando tenía cinco años, y para que ella tuviera acceso a la mejor educación posible, la familia completa se mudó a Lima. Sus padres continuaron la tradición de confeccionar retablos. Se instalaron en Villa El Salvador y abrieron un pequeño taller, que poco a poco fue creciendo hasta convertirse en un negocio rentable que abastecía a los mercados de turistas a nivel nacional y que les permitió adquirir una casa en San Borja, cerca de todas las comodidades. Cuando Eugenia cumplió diez años, sus padres la matricularon en un colegio secundario privado en donde destacó académicamente del resto de alumnos. A pesar de la intimidación que sufrió por parte de algunos estudiantes debido a sus raíces indígenas, supo salir adelante a punta de buenas notas y mejor comportamiento. Acabó la secundaria a los quince años y el mismo año postuló e ingresó a la carrera de derecho en la Universidad Católica del Perú. A los 20 años egresó de la universidad con un diploma bajo el brazo y una multitud de ofertas de empleo de los mejores y más reputados estudios de abogados. Desechó todas las ofertas para trabajar en una ONG que hacía labor social en Ayacucho, la ciudad que la vio nacer. Luego de dos años de dura labor decidió ir a estudiar una maestría en España.

Ernesto Castellanos nació en Alcorcón, un suburbio situado a trece kilómetros al suroeste de Madrid, en una casa de dos pisos, propiedad de sus padres, ambos abogados. Ernesto pasó sin pena ni gloria la primaria y secundaria. Académicamente, no era muy bueno y su tendencia a soñar despierto empeoraba las cosas. Sin saber qué hacer con su futuro, le hizo caso a sus padres, que lo convencieron de estudiar derecho. Ingresó a la Complutense de Madrid y fue ahí donde su vida sufrió un cambio radical. De un momento a otro, sus notas comenzaron a mejorar y le agarró el gusto a la carrera. Sobresalía por encima del resto no solo por su rendimiento académico, sino también por la osadía y el atrevimiento que tenía para encarar los más difíciles obstáculos. Esa parte de su personalidad le imprimió un rasgo singular a su carácter, que sorprendía a propios y extraños. A los veintidós años terminó el bachillerato e inmediatamente se inscribió a la maestría de derecho internacional de su misma universidad.

Fue en el primer día de clases que Eugenia y Ernesto se conocieron. Ambos eran muy diferentes físicamente. Ernesto Castellanos era un joven risueño de piel blanca y de casi un metro noventa de estatura. Su nariz respingada y las pecas que adornaban su rostro lo hacían parecer un personaje de historieta. Eugenia, en cambio, medía alrededor de un metro sesenta y cinco centímetros, era de piel cobriza y tenía el cabello negro azabache. Su cara redonda mostraba unos lindos dientes con alguna que otra imperfección. Al final del semestre ambos ya salían juntos. Quien los miraba se daba cuenta inmediatamente de las diferencias físicas que había entre ellos, pero quien verdaderamente los conocía sabía que la relación estaba basada en algo más que lo físico. Ambos se admiraban mutuamente, como si buscaran completarse con las características que al otro le faltaban.

Luis Enrique nació cuando sus padres terminaron la maestría en la Complutense. Se casaron y alquilaron un piso pequeño en Alcorcón, a unos cuantos metros de la casa de los padres de Ernesto. Durante los dos primeros años todo fue felicidad hasta que Eugenia se enteró de que su padre estaba gravemente enfermo. Decidió entonces ir a Perú. Habló con Ernesto para mudarse al otro extremo del mundo, pero su esposo no estaba muy convencido del cambio. Accedió a que ella viajara con el pequeño mientras veía qué decisión tomar. Eugenia llegó a Lima cuando Luis Enrique tenía dos años. De inmediato, se ocupó de sus padres y se mudó con ellos para cuidarlos. La enfermedad de su padre fue larga y penosa y al año de su llegada su cuerpo no pudo resistir y falleció en casa, rodeado de su familia. Eugenia, para entonces, ya estaba bien posicionada en un estudio de abogados y cada día demostraba lo buena que era. La comunicación con Ernesto se fue perdiendo poco a poco. El desinterés fue tal por parte de ambos, que para lo único que se conectaban por internet era para que Ernesto conversara con su hijo. Al final, la relación se rompió y Eugenia se dedicó a su madre, su hijo y su trabajo de abogada.

Desde pequeño, el hijo de Eugenia y Ernesto demostró una inteligencia singular, heredada de su madre y una audacia sin par, heredada de su padre. Ambas características le conferían una ventaja frente al resto de chicos de su edad. Siempre estaba un paso adelante, proponiendo ideas novedosas y siendo el primero en llevarlas a la práctica. Eugenia veía crecer con orgullo a su vástago, quien terminó la escuela secundaria como el primero de la clase. En el discurso final, durante la ceremonia de graduación, reservado al primero de su promoción, Luis Enrique habló con orgullo de sus raíces peruanas y españolas y de cómo esta confluencia de razas había influido en él y en su camino como estudiante. Quien lo escuchó ese día quedó convencido de que estaba al frente de un líder del futuro, de alguien que guiaría a su generación a superar retos y alcanzar objetivos que nadie se había imaginado hasta ahora.

Luis Enrique Castellanos Condori, con diecisiete años de edad, ganó una beca para estudiar ingeniería informática en el Massachusetts Institute of Technology (MIT), ubicado en el estado del mismo nombre, en la ciudad de Boston. Su madre lo despidió en el aeropuerto con pena, pero también con el convencimiento de que su hijo debía salir del Perú para encontrar su propio camino. Desde los primeros cursos, sus profesores notaron que estaban ante una fuerza de la naturaleza. Aparte de los cursos que llevaba, que eran muy exigentes, trabajaba en el restaurante del campus y se juntaba, luego de clases, con algunos compañeros para desarrollar y diseñar programas de computadora que (así lo esperaban ellos) tendrían impacto tangible sobre las actividades del ser humano.

Fue en una de esas reuniones de trabajo, en su habitación de estudiante, que concibieron un *software* que permitiría mejorar en un cuarenta por ciento la eficacia de la entrada y salida de los contenedores que transitaban por el puerto de Boston. Luis Enrique y sus compañeros presentaron la propuesta a las autoridades, la que fue aceptada e implementada luego de unos meses de prueba. La transacción hizo que Luis Enrique y sus compañeros se convirtieran en millonarios de la noche a la mañana. Mientras sus compañeros interrumpieron sus estudios y se dedicaron a viajar por el mundo y vivir una vida soñada sin preocupaciones; él, en cambio, continuó en la universidad hasta acabar la carrera mientras hacía inversiones en bienes raíces, en la bolsa de valores y en jóvenes empresas de tecnología. Tenía para entonces veintiún años de edad.

Durante los siguientes años, Luis Enrique se convirtió en un modelo a seguir para cualquier emprendedor que quisiera brillar en el mundo de los negocios. Dictaba conferencias por todo el mundo. Su fortuna se había incrementado de manera exponencial, haciendo de él uno de los tres hombres más ricos del planeta. Sus múltiples inversiones en cualquier proyecto potencialmente rentable ayudaban a las jóvenes empresas a superar los recurrentes problemas de financiamiento que tenían durante sus primeros años de vida.

A la par con sus inversiones, Luis Enrique donaba ingentes cantidades de dinero a múltiples organizaciones de caridad. Su nombre empezó a aparecer en pabellones de universidades, gimnasios de colegios y fue condecorado con doctorados *honoris causa* en varias universidades de todo el mundo. Todos estos honores no le nublaban la cabeza. Su vida personal era tan tranquila como la de cualquier persona. Sus raros viajes a Perú para visitar a su madre fueron trascendentales para su vida personal, pues en uno de ellos conoció a la hija de una amiga de su madre, Susana Barrientos. Se casó con ella y tuvo dos hijos: Sebastián y Victoria, hermanos mellizos.

Durante esos viajes, Luis Enrique también veía como, poco a poco, el estado de salud mental de su madre se deterioraba. Recordó que todo empezó cuando él estaba en la universidad, con pequeños olvidos, como dejar la luz prendida de la cocina u olvidar las llaves en la cerradura de la puerta de la casa. Su madre lo tranquilizaba diciendo que no tenía de qué preocuparse, que esos pequeños juegos que le hacía su memoria le pasaban a cualquiera. Con el pasar de los años, las distracciones se fueron haciendo cada vez más frecuentes hasta que comenzaron a afectar seriamente su trabajo en el estudio de abogados. La gota que derramó el vaso fue cuando dejó un dispositivo USB, con datos confidenciales de uno de sus clientes, en una tienda de departamentos.

Luis Enrique voló a Lima en su jet privado cuando se enteró de que su madre, de tan solo sesenta años, había sido despedida del estudio donde había trabajado durante treinta y seis años. Cuando conversó con ella se dio cuenta que algo no andaba bien, aun cuando su madre negaba todo con una sonrisa en los labios. Voló con ella a los Estados Unidos para hacerle unos chequeos de rutina. A las dos semanas el diagnóstico llegó como la marea que trae un tsunami a una playa repleta de veraneantes: su madre, Eugenia Condori, tenía principios de demencia senil. El doctor les habló a ambos y les dijo que la condición de Eugenia iba a empeorar con el paso de los años. Les explicó que la enfermedad estaba en la fase leve o temprana y que esta solía durar dos o tres años, dependiendo de cada persona. Lamentablemente, a los ocho meses del diagnóstico, la condición de su madre se agravó, hasta tal punto que Luis Enrique tuvo que contratar a una enfermera para que se ocupara de ella y decidió mudarse a Perú para estar presente ante cualquier eventualidad.

Fue en esas circunstancias que su padre apareció de nuevo en su vida. Se comunicaban siempre mediante videollamadas, pero no hablaban muy seguido debido principalmente a las siete horas de diferencia entre Lima y Madrid. Poco a poco su padre empezó a tener estadías cada vez más largas en Lima hasta que finalmente se jubiló y eligió vivir con él y su madre para ayudarlo a ocuparse de ella. Nunca supo realmente por qué sus padres se habían separado, pero cuando veía a su padre levantar a su madre para llevarla al baño o cambiarle de ropa a la hora de ir a dormir se decía que lo que los separó no había sido la falta de amor que se tenían el uno al otro. A veces su madre recobraba la lucidez por unos instantes y acariciaba la mejilla de su padre, sonriendo y dándole tiernos besos. Nunca había sido tan feliz como cuando presenciaba esas muestras de afecto entre ellos.

Empezó, entonces, para Luis Enrique, una carrera contra el tiempo. Dejó de invertir masivamente en jóvenes compañías de tecnología y desvió los fondos hacia las compañías farmacéuticas que se dedicaban a la investigación contra el Alzheimer y la demencia senil. Fundó dos laboratorios de investigación y desarrollo dedicados íntegramente al estudio de enfermedades mentales y compró patentes para hacer avanzar las investigaciones. Dejó de salir en diarios y revistas y se dedicó en cuerpo y alma a buscar una cura a la enfermedad que tenía postrada a su madre. Susana y sus hijos lo apoyaban en todo y eran regulares sus visitas a la abuela Eugenia.

A pesar de todos los esfuerzos que Luis Enrique realizaba para ayudar a su madre, la condición de esta se deterioraba a pasos agigantados. Raras eran las noches en que podía dormir tranquilo. Los gritos desesperados de su madre preguntándose dónde estaba lo ponían en un estado de vigilia extrema. Había días que ella no quería que nadie se le acerque, ni siquiera la enfermera que la cuidaba de noche, profiriendo improperios y amenazando con matarse si no la dejaban salir de su habitación. La condición de su madre se volvió tan peligrosa para ella y para todos a su alrededor, que tuvieron que atarla a la cama. Fue un mes antes de que Eugenia Condori cumpliera 62 años, que recibió la infausta noticia mientras estaba en pleno vuelo hacia uno de sus laboratorios en Estados Unidos: su madre había muerto mientras dormía.

3

Querido Papito Edmundo:

Te escribo estas líneas sin saber mucho que decir. Estoy sorprendida de la decisión que has tomado, ¡sin siquiera consultarnos a mí y Miguelito! Encima me haces escribir una carta, ¡algo que yo no estoy acostumbrada a hacer! Sé que estoy obligada a hacerlo, ya que allá en donde te encuentras no te dejan usar el internet y me imagino que te habrán quitado el celular, papi. ¿Por qué lo hiciste? Hasta ahora me lo pregunto y me devano los sesos tratando de encontrar una respuesta.

Felipito pregunta siempre por su abuelito Edmundo. No sé qué decirle. Ya le dije que te fuiste de viaje y que tardarás mucho en volver, pero esa historia ya no es suficiente para él: quiere verte y jugar contigo, quiere que lo lleves a pasear y que le cuentes historias de cuando eras joven y te enrolaste como reservista en el ejército. ¡No puedes hacernos esto, papi! Creo que el abandonarnos a todos fue la decisión más egoísta que has tomado, ¡y eso que tomaste muchas así desde que tengo uso de razón! No quiero hablar de mamita en estos momentos, aunque sabes mi opinión al respecto, ¡la sabes muy bien! Nos hiciste sufrir mucho. Ya sé que te dije que te había perdonado, pero, cuando nos haces sufrir, las heridas vuelven a abrirse y tardan mucho en cerrar y los viejos rencores salen a flote.

Me pregunto si Graciela sabía de tu decisión de irte a la isla. Supe que te abandonó hace un par de años. No escribiré nada al respecto porque eso no es el fin de esta carta y tú sabes lo que te dije cuando sucedió. Solo me preguntaba si ella influyó en tu elección. Nada más. En los días que dejaste la casa y te fuiste con ella, no pensabas bien y más parecías un títere en manos de un titiritero malévolo.

¿Sabes que con Ricardo las cosas no van bien? Se ha vuelto muy distante. Creo que está saliendo con otra. Eso sí, no ha descuidado a Felipito. Es un padre A1. No sé por qué te cuento esto, si nunca te he contado mis cosas. Tal vez sea por la lejanía, por saber que nunca volveré a verte y que esta carta, como todas tus pertenencias, serán destruidas por el personal de Castellanos; salvo que quieras que se salven del fuego y sean legadas a tus herederos. Sé que la isla tiene protocolos muy estrictos y que nada puede entrar ni salir sin su permiso. Maldita la hora en que esa isla abrió sus puertas.

Me pregunto si estás en tus cabales. Me pregunto si ya habías tomado la decisión cuando viniste a visitarnos hace una semana. No noté nada raro en ti. Nada que me dijera que te estuvieras despidiendo de nosotros, papito. Nada que hiciera presagiar que te irías y te perderíamos para siempre. Eso sí, jugaste más tiempo de lo normal con Felipito, como si quisieras dejarle tu recuerdo, como si quisieras que te recordara como el buen abuelo que siempre fuiste. Se me caen las lágrimas mientras escribo. No puedo evitarlo. Te quiero, papito, te quiero mucho. No te vayas.

¿Es que la muerte de mamita fue lo que te llevó a comprar el billete de avión a Castellanos? ¿Acaso fue eso, papito? ¿El haberla visto sufrir los últimos años de su vida en tal estado?

¿Postrada en una silla de ruedas, recordando su niñez, pero sin memoria de sus hijos y su esposo? ¿Pidiendo tal vez al cielo que no te toque sufrir lo que ella padecía? ¿Tienes miedo, acaso?

Es cierto que mamita sufrió mucho el último año de su vida. Ya no era más la mujer fuerte que cuidó de sus hijos y compartió, hasta donde pudo, su vida contigo. Pero era mi madre y la recuerdo en todas sus etapas, porque una persona es la suma de todas sus experiencias, de todos sus periodos y en cada una de ellas nos deja algo que aprender: en sus primeros años su temple, su resiliencia; en los últimos, su valentía y paciencia frente a la adversidad que la carcomía sin pausa.

¿Sabes que yo fui una de aquellos miles, sino millones, que se opuso a que Castellanos funcionara? Nunca te lo dije, pero no fui una mera espectadora. Fui una militante convicta y confesa. Me opuse a ello desde el primer día que tuve noticias de la locura que se estaba gestando. Participé, en Lima, de las marchas que se realizaban para oponerse al proyecto, una de las cientos que se desarrollaron en el mundo entero ante tal disparate. Yo defiendo la vida y que las cosas sigan su curso normal, sin interferencias ni manipulaciones. Tú siempre quedaste al margen, indiferente a las protestas y a las razones de uno u otro bando. Es por eso que me sorprendió cuando supe que estabas allá. Tal vez fui ingenua y no me di cuenta de que los más peligrosos eran aquellos que no decían nada y quedaban expectantes para saber el resultado final y así poder decidir lo que mejor les conviniera. Me siento traicionada, como si mis convicciones te importaran un pepino. No eres el padre que conocí.

¿Por qué no quieres enfrentar a la muerte como venga? ¿Por qué tomas en tus manos algo que no te corresponde tomar? ¿Juegas acaso a ser Dios y decides tu destino, así como lo hacen todos esos hombres y mujeres arrogantes que van a la isla? Sabes que nunca he sido religiosa y que casi me expulsan del colegio católico donde me matriculaste y que acabé a duras penas. ¿Recuerdas que ibas al colegio cuando te convocaban ante mi mal comportamiento? Yo te veía desde la salita de espera, hablando con el director, discutiendo, alzando las manos y logrando que tu hija adorada siguiera en el estricto colegio. Cuando salías de la oficina y me tomabas de la mano y me llevabas a tomar un helado, eras mi héroe. Nunca me sermoneabas, al contrario de mamita. Solo me mirabas comer mi helado, como si supieras que eso me calmaba. Te soy sincera, a veces me portaba mal porque quería que me llevaras a tomar un helado.

Todos esos recuerdos tan gratos no quitan lo enfadada que estoy contigo en estos momentos. ¿Sabías que, cuando nos enteramos con Miguel de que habías partido a Castellanos, nos pusimos como loquitos? Empezamos a llamar a nuestras amistades para saber qué podíamos hacer para traerte de vuelta con nosotros. Lamentablemente, nuestras opciones eran muy escasas. Una vez que alguien llega a la isla ya no es más dueño de su destino, como lo debes estar experimentando en estos momentos. ¿Qué se siente no tener control de tu vida? ¿Qué se siente ser llevado de un cuarto a otro, como un animal en el matadero, despojado de toda libertad? ¿No te sientes un prisionero? ¿Un reo de un campo de concentración que espera que lo lleven a la cámara de gas, con sus altas chimeneas que esparcirán sus cenizas en el aire?

Estoy muy decepcionada de ti, papito, por no haber tenido la valentía de decírmelo a la cara. De no transformar en palabras tus pensamientos y ponerlos sobre la mesa y hacernos partícipes del juego. Somos tu familia. ¿Alguna vez te pusiste a pensar en eso? ¿O pensaste solo en ti, como cuando te largaste con Graciela? Lo legal no es siempre lo correcto. Sobre todo, cuando hay tanta gente involucrada. La vida es un regalo y debemos cuidar de ella hasta que nos sea posible, así estemos viejos, enfermos, postrados en una cama o una silla de ruedas. Es un regalo y debemos disfrutar de ella hasta que no tengamos fuerza para hacerlo. Pareces un niño que cuando no le gusta la comida que le sirven la tira al basurero. Hay siempre una buena razón para no desperdiciar la comida.

Me pregunto si cuando leas esta carta cambiarás de opinión y les dirás a tus carceleros que te dejen ir, que lo pensaste mejor y que quieres que te liberen. Sé que te puedes retractar de tu decisión, incluso cuando estés a punto de recibir la inyección letal. Solo depende de ti y de nadie más. No solo estarías tomando la decisión correcta por ti sino también por aquellos que te aman y extrañan. Imagino con ilusión que te dejan libre y me llamas desde el avión de regreso y me pides que te perdone, que nunca volverá a pasar. Es una esperanza que tengo: una lejana, pero real.

Ahora que recuerdo, nunca supe tus ideas sobre la muerte. Nunca nos hablaste, a Miguel y a mí, tus hijos, de un testamento o de tus últimos deseos. Aun cuando se debatía el proyecto de Castellanos, nunca dijiste una palabra. Me acuerdo que cuando la isla abrió, comimos en un restaurante junto con Miguel. Era la primera vez que lo hacíamos después de mucho tiempo, meses después de la muerte de mamita. Miguel y yo teníamos posiciones encontradas. Tú, en cambio, permanecías neutral, sin tomar posición. Recuerdo que deslizaste una idea que a Miguelito y a mí nos hizo sobresaltar. El hecho de poder decidir, de escoger el día de tu muerte. Esa idea no te parecía descabellada, pero luego la refutaste agitando la mano como queriendo que desapareciera de la conversación. Ahora sé que esa idea germinaba dentro de ti como la semilla de un roble en tierra húmeda y fértil: lenta, pero segura.

Luego de escribir tanto y reprocharte tantas cosas, me siento muy egoísta. Ahora que lo pienso, me pregunto si no estás enfermo. ¿Acaso es eso? ¿Tienes una enfermedad terminal? ¿Quizás un cáncer en grado cuatro? ¿Con metástasis incluida? De solo pensarlo me dan escalofríos. No sería la primera vez que nos ocultas algo. ¿Cuál es el fin de ocultar cosas? ¿Por qué no ser más abierto y decir las cosas tal y como suceden? Nunca he entendido esa tendencia a quedarse callado. Una vez, mamita me dijo que la gente oculta cosas para proteger a los otros, para que no se preocupen. ¡Qué estupidez! A lo mejor para tu generación y la de mamita eso estaba aceptado. Puede que sea culpa de la educación religiosa que recibieron de niños, en Lima, ciudad que, hasta ahora, en dos mil cincuenta y cinco, sigue siendo tan conservadora y mojigata como cuando ustedes eran jóvenes. Esa educación religiosa que ha vuelto con fuerza a las escuelas. ¿Sabías que la escuela donde estudié ya no existe? ¿Esa escuela católica que nos enseñaba a ser obedientes y respetar las reglas mientras nos hacía sentir culpables de los impulsos naturales que teníamos en la adolescencia? Así fuiste educado y no es del todo tu culpa ocultar cosas. Pero ahora estamos en otro momento de la historia, donde el ocultar ya no es la norma.

35

He vuelto a escribir esta carta luego de haberla dejado a un lado por dos días. Doblé las páginas y la guardé en un cajón con llave. La he vuelto a leer. No me arrepiento de nada de lo que está escrito, aun si te sientes herido por lo que dice. Estuve tentada, papito, a borrar algunos párrafos. No porque los considerara duros hacia ti, sino porque decidí escribir para convencerte de volver con nosotros, y los reproches que hago, creo, no ayudan en nada al objetivo inicial de esta misiva. ¿Qué más te puedo decir para hacer que cambies de idea? ¿Qué te puedo prometer? Nada que una hija no esté dispuesta a hacer por su padre.

¿Te asusta envejecer, acaso? ¿Temes ser una carga para tus hijos cuando estés viejo? ¿Qué te ayuden a ir al baño, o a cambiarte de ropa, o darte de comer? ¿Tienes miedo de que te internemos en un asilo donde estarás a merced del humor de una enfermera que ha tenido un mal día en su casa? Solo te puedo decir que mientras viva, yo te cuidaré, como cuando tú me cuidabas de niña. Salvo el irte con Graciela, no te encuentro otro defecto importante. Y el irte con ella fue un golpe muy duro. Sé que un hombre tiene vaivenes en la vida y que el estrés del trabajo y la rutina hacen que sean presa fácil de las que les importa un bledo la familia ajena. Creo que Ricardo está pasando ese momento. No sé lo que haga, lo que sí sé es que lucharé hasta el final por mi familia, así como lucharé hasta el final por ti, para que tengas una vejez digna y una muerte aún más digna.

Estoy en la última parte de esta carta. Me siento vacía sin ti, papito. Siento que he sido una mala hija solo por el hecho de que estés en Castellanos. Creo que te he fallado. Algo en mí está roto, algo está quebrado por la impotencia de no poder hacer nada. Ricardo me dijo que tu situación está fuera de mi control. Ni él, ni Miguel, ni tus hermanos, ni yo podemos hacer algo. El poder de cambiar las cosas lo tienes tú. Nadie más. Sin embargo, me siento mal, como si no hubiera estado a la altura de tus expectativas. ¿Qué piensas de mí? ¿Qué piensas de mi vida? ¿Piensas que lo logré? ¿Que alcancé el éxito y que soy una persona realizada en mi vida personal y profesional? ¿Estás orgullosa de mí?

Estas preguntas solo las puedes responder tú, cuando regreses y me las digas en la cara, frente a mí. Así sabré que no fallé y que lo que hiciste solo fue un error más de los tantos que cometemos. Regresa, papito. Aquí te espera tu familia y, sobre todo, tu hija que te quiere y que no deja de pensar en ti.

Amelia

4

No puedo evitar aferrarme a los brazos de mi asiento mientras el avión hace las maniobras para aterrizar en el aeropuerto de la isla de Castellanos. La voz del piloto anuncia por los parlantes el inminente descenso y la consabida indicación de mantener el espaldar del asiento en vertical y abrocharse los cinturones de seguridad, lo que añade más estrés al momento. El ruido ensordecedor de las turbinas hace que cierre los ojos y recuerde todas las oraciones que aprendí de niño, tanto en mi casa como en la escuela: la oración al Ángel de la Guarda, el Padre Nuestro, el Ave María e incluso La Salve en latín. Por mi mente desfilan las imágenes que mi subconsciente guarda de todas las películas de tragedias aéreas que he visto en el cine y la televisión y de todas las fotos que he mirado en los periódicos y que muestran un amasijo de plástico y metal esparcido en el suelo en lugar de un avión con lo último de la tecnología en instrumentos de navegación.

Cuando las ruedas del aparato tocaron el suelo y el sonido que produce el aire al impactar contra los alerones desplegados de la máquina tapó mis oídos, supe que había aterrizado sano y salvo y fue en ese momento que mis manos dejaron de estrujar el cuero que cubría los brazos de mi asiento, que empezó a retomar su forma luego de haber estado unos minutos bajo una gran fuerza nacida del pánico y la desesperación. Abro los ojos y respiro con más tranquilidad. Tomo la servilleta que recibí junto con la bebida gaseosa y la froto contra mi frente. Sin sorpresa, compruebo que el papel está húmedo. Lo doblo y ejecuto la misma acción por toda mi cara para borrar cualquier vestigio de sudor que delate mi real condición.

La aeronave reduce la velocidad hasta que se convierte en una máquina pesada y lenta que rueda por el asfalto mientras busca un lugar donde estacionarse. Miro por la ventana y me percato que, cerca del aeropuerto, se encuentran al menos diez aviones que ocupan el mismo número de hangares. El día está claro y los rayos solares entran por la pequeña ventana ovalada junto al asiento, esparciéndose por el interior de la cabina presurizada. Esto me sorprende, pues antes de embarcar leí que en mayo la isla recibe una buena cantidad de precipitaciones que, aunque rara vez impiden la llegada de los aviones, sí hacen que se retrasen algunos vuelos. Veo la pantalla delante de mí y la temperatura marca unos veintidós grados centígrados.

Luego de que el avión frenara en seco, un pitido suena y el ruido de los pasajeros desabrochándose los cinturones inunda la cabina. Hago lo mismo, me incorporo y miro hacia adelante y hacia atrás. Somos unas ciento cincuenta personas, entre hombres y mujeres, la mayoría casi de mi edad. Mentalmente multiplico ese número por el número de aviones estacionados. Mil quinientos. Mil quinientos hombres y mujeres que en unos cuantos días ya no estarán más en este lugar que llamamos nuestro planeta. A lo lejos, parado en el pasillo, al costado de las primeras filas, está Casimiro Puente. Habla animadamente con algunos pasajeros que se encuentran cerca de él mientras busca su equipaje de mano en los compartimientos superiores. No lo noto nervioso o desanimado. Es el mismo tipo jovial que se me acercó durante el vuelo y me confesó los motivos por los que estaba a bordo.

Imito a mi bonachón compañero de viaje y busco la mochila con mis artículos personales entre los que destacan: mi pasaporte, los formularios completos y firmados para poder entrar a la isla y un neceser con artículos de limpieza personal. Con mi bolsa en la mano espero a que los agentes de a bordo abran la puerta de la nave.

La puerta se abre y los primeros ocupantes empiezan a salir. Cuando llega mi turno, dos azafatas me agradecen con una sonrisa fingida. No dicen nada más. No hay más que decir, me imagino. Entro a la manga que conecta al avión con el aeropuerto y que está perfectamente climatizada y me aventuro en el edificio. Antes de continuar me detengo y miro hacia afuera a través de una pequeña ventana. Castellanos me ha recibido con un sol esplendoroso, como si la compañía dueña de la isla lo hubiera creado para no olvidar lo bellos que son los paisajes que nos da la naturaleza. Algunas aves de plumaje blanco y pico rojo, antiguos ocupantes de ese pedazo de tierra y rocas, sobrevuelan el aeropuerto a una prudente distancia. Me percato de que algunas de ellas quieren acercarse, pero un sonido, como de una fuerte explosión, resuena en el aire y las aleja. La isla tiene un sistema de seguridad que impide a las aves el aproximarse demasiado a las instalaciones y a la pista de aterrizaje con el fin de evitar colisiones contra los aviones que parten o llegan a diario.

Camino por un sendero claramente señalizado hasta llegar a las cabinas de la aduana, propia de un país que se precie de serlo, donde varios agentes revisarán la documentación de cada pasajero y sellarán el pasaporte como prueba de que tu estadía en el lugar ha sido autorizada. Llega mi turno de estar frente al agente aduanero. Revisa los papeles que le entrego y compara mi rostro con la foto del pasaporte. Deduzco que todo esto es una mera formalidad, pues cada persona que llega a Castellanos es escrutada, antes del viaje, hasta en los más mínimos detalles de su vida ordinaria y nadie puede abordar el avión sin haber pasado por una verificación propia de un gobierno dictatorial. Sella mi pasaporte y sin mirarme me lo entrega y pide que pase el siguiente. Hace algunos meses me hubiera importado la actitud del agente aduanero. Hace algunos meses atrás hubiera exigido ver a su superior inmediato y me hubiera quejado de su servicio robotizado y carente de humanidad. Ahora eso es lo que menos importa.

Al salir de la zona de aduanas, una mujer con blusa y falda azul marino y pañuelo blanco alrededor del cuello me señala, con una sonrisa, hacia dónde debo dirigirme. Tiene el cabello recogido pegado a la cabeza. Sus ojos son celestes y contrastan con su piel morena: una mezcla exótica propia de una empleada de un *resort* caribeño. Devuelvo la sonrisa y camino durante cinco minutos por el largo pasillo, ancho y bien iluminado, pero aséptico y pulcro, sin ninguna publicidad en las paredes, hasta que llego a una puerta, donde unas cinco personas, entre hombres y mujeres, me reciben con venias y ademanes disforzados. Me encuentro en la entrada de uno de los dos complejos de la isla de Castellanos. Según lo que leí en el *brochure* que había obtenido del sitio web, la isla alberga a sus visitantes en dos complejos idénticos, en forma de medialuna, con capacidad para dos mil quinientas personas. En ellos trabajan un numeroso grupo de personas que mantienen en operación los servicios ofrecidos a cambio de una buena cantidad de dinero.

Niego con la cabeza el ofrecimiento que me hace un empleado para llevar mi mochila. Este me conduce hacia el ascensor que me llevará a mi habitación, no sin antes anunciarme que mi equipaje está esperándome y que tengo correspondencia. Agradezco cortésmente y entro con él al ascensor que sube los cuarenta pisos que separan mi habitación del suelo, a una velocidad vertiginosa. Llegamos adelante de la puerta de mi cuarto y el empleado se despide diciéndome que será mi guía durante mi estadía en la isla, que se llama Mark y que marque el cero en el teléfono de la habitación si necesito cualquier cosa. Una vez solo, dejo la mochila en el piso y observo la habitación con curiosidad. Allí caben con toda comodidad una cama de dos plazas, una mesa de noche, una cómoda de tres cajones y una pequeña mesa de madera con dos sillas. Una puerta conduce al baño de la habitación. Una televisión luce empotrada en la pared frente a la cama. Acciono el control remoto y la pantalla me da el mismo menú que vi dentro del avión en el que vine. Apago el aparato sin mucha sorpresa y me dirijo hacia la ventana. El paisaje es magnífico. Desde allí puedo ver la isla en su totalidad. Bajo mis pies está el aeropuerto y más allá la inmensidad del océano Pacífico. Abro la ventana. Una brisa cálida golpea mi rostro y el olor salino del mar penetra en la habitación. A lo lejos, cúmulos de nubes blancas y esponjosas se aglutinan en el horizonte y coronan un mar de aguas verdes y azules, lejos del aspecto de las aguas que mojan las playas de casi todo el orbe: marrones e

43

infestadas de algas marinas. Miro hacia mi lado izquierdo y veo el edificio gemelo al mío. Volteo al otro lado, y el mar aparece de nuevo ante mis ojos.

Un poco más animado, entro a la habitación y puedo ver mi maleta de viaje al costado de la mesa de madera. Me acerco y encima de ella está un sobre. Lo tomo y lo giro para ver quién es el remitente. Lo ha enviado mi hija Amelia.

---o---

El sonido del teléfono me despierta abruptamente. Contesto como puedo. Pronuncio un «sí» casi inaudible y cuelgo. Es Mark, que me avisa que en media hora debo bajar para tomar el desayuno. Estoy al tanto que las reglas en Castellanos son ley y que hay que respetarlas aun cuando nos parezcan ilógicas y represivas. Uno de los documentos que firmé antes del viaje hablaba de la aceptación de estas reglas y que uno debía cumplirlas, so pena de expulsión de la isla e impedimento de volver a entrar de por vida. Soñoliento y con los sentidos embotados me dirijo al baño. No he entrado desde que llegué y me parece muy cómodo y espacioso. Nada que envidiarle a cualquier baño de hotel tres estrellas que ofrece desayuno incluido y servicio de lavandería. La ducha es para una persona y tiene una puerta corrediza hecha de vidrio con decoraciones opacas en forma de pájaros y flores. Me desnudo y abro el caño. El chorro de agua caliente cae encima de mi cabeza y actúa como si fuera un bálsamo.

Mientras mi mente se aclara, recuerdo el contenido de la carta de Amelia. Cuando terminé de leerla la noche anterior, no me produjo mucho impacto. Sabía cómo era mi hija cuando quería pedir algo, su manera de decir las cosas, de expresarse y querer convencer a los otros. Lo que no podía condenar, aunque no me gustara, era su sinceridad. Luego de algunas horas pude, al fin, procesar el texto de la misiva. Era una carta dura, con reproches velados, con acusaciones sobre mi antiguo proceder. Todo eso ya se había hablado en su momento. Las cosas se habían aclarado y pedí perdón por lo que hice. No me pareció bien que las heridas ya cicatrizadas se volvieran a abrir con el pretexto de una decisión que había tomado a espaldas de todos. Eso lo podía comprender, mas no tolerar. Tal como decía la carta, una herida nunca cierra del todo y está latente, supurando, hasta que algo ajeno a ella la haga sangrar, ajeno en su origen, pero similar como sentimiento.

Las partes de la carta que me hicieron derramar algunas lágrimas fueron las que hablaban de mi nieto Felipe. Era verdad lo que decía Amelia. Siempre había estado presente en la vida de mi nieto, desde que nació. Era el único nieto que tenía, ya que Miguel no tenía hijos y quizás nunca los tendría, y me había encariñado con él. Amelia no lo sabía, pero Felipe fue la razón por la que casi no vengo a Castellanos. La parte en la que hablaba de mi exesposa Rebeca fue también penosa de leer. Fue difícil verla los dos últimos años de su vida. Miles de veces, en mis noches de insomnio, me pregunté si quería estar así, en una situación de fragilidad total, de vulnerabilidad, de perder todo lo que nos hace humanos: la independencia, el libre albedrío, la dignidad. Tengo que admitir que la carta de mi hija fue escrita con mucho amor: el amor de una hija que clama a la distancia por el regreso de su padre ausente.

Salgo de la ducha, me cubro con la toalla luego de secarme y me visto presuroso. Al salir del cuarto me percato de que Mark está al costado del ascensor, esperándome. En las directivas de Castellanos se especifica que el guía estará a mi servicio el cien por ciento del tiempo. Lo saludo con la cabeza. Él me responde con una sonrisa y me conduce al comedor del edificio que se encuentra en el primer piso, a espaldas de la recepción. Al llegar me dice que soy libre de escoger la mesa que quiera. Doy las gracias y escojo una mesa vacía, en uno de los extremos del recinto. Me siento y miro a mi alrededor. El comedor es un amplio espacio que puede albergar fácilmente unas doscientas mesas. La mayoría de estas está ocupada por uno o más comensales que ora comen callados, ora departen alegremente. A lo lejos diviso a la anciana que estaba sentada a mi lado en el avión. Noto que sigue conectada al balón de oxígeno que le ayuda a respirar. A su lado se encuentra una muchacha con el uniforme de Castellanos. Debido a que no está permitido un acompañante particular, la isla ofrece el servicio de asistencia el tiempo que dura la estadía, el cual está incluido en el paquete premium. El comedor no tiene autoservicio. El pedido se hace desde una tableta electrónica que está sobre la mesa. Leo con atención el menú que muestra la pantalla. Está compuesto por una decena de platos que incluyen carne de res, pollo, cerdo o pescado junto a guarniciones de legumbres cocidas al vapor, puré de papas y ensaladas de todo tipo. Los postres incluyen tortas de todos los sabores y frutas venidas de todos los confines de la tierra.

Dejo el aparato en la mesa y pienso que tal vez así será el menú de las bases que se establecieron en Marte hace una década. Las tripulaciones que colonizaron el planeta rojo estaban conformadas por hombres y mujeres de todas las nacionalidades y culturas del mundo, por lo que este comedor podría ser una réplica exacta de las bases marcianas. Una voz conocida me hace salir de mis cavilaciones:

—Pero, ¡qué coincidencia! —exclama la voz que pertenecía a Casimiro Puente, mi improvisado compañero de viaje—. ¿Se imaginó alguna vez esta situación?

—La verdad —exclamo fingiendo una sonrisa—, no creo en las coincidencias.

—Yo tampoco —dice—. ¿Me puedo sentar y acompañarlo?

—Por supuesto —digo resignado.

Noto que ya está sentado antes de dar mi permiso. Compruebo una vez más que la cualidad de mi invitado de ser impertinente es su sello de fábrica.

—¿Qué vas a pedir, Edmundo? —pregunta tuteándome, como si nos conociéramos de toda la vida.

—Creo que el pescado con verduras —digo escogiendo el plato en la pantalla.

—Yo no puedo comer pescado. Soy alérgico.

—Cuánto lo siento —digo y retengo las ganas de mandarlo a la mierda—. El pescado es uno de los alimentos más nutritivos que existen.

—Voy a pedir la res —anuncia y marca la opción en la tableta—. A propósito, ¿qué te pareció tu cuarto? ¿Te gusta?

—Nada mal, muy cómodo. Y la vista, espléndida.

—Por lo que pagamos, es lo mínimo que nos deben ofrecer.

—Me sorprendes, Casimiro —digo agarrando confianza—, pensé que esa habitación sería una pocilga para ti.

—Yo me adapto a las circunstancias. Para tu información, no siempre fui millonario.

—¿En serio?

—Así es —prosigue—. Vine de abajo, ensuciándome las manos. Me pregunto cuánto generará de utilidades este negocio.

—Castellanos dice que no lo hizo por dinero.

—¿Y tú le crees? —pregunta con sarcasmo mi acompañante.

—No lo sé. Según lo que dice su biografía, su motivo fue otro.

—No pareces contador. Todos los contadores que trabajaron para mí eran unos ambiciosos de mierda. Ambiciosos y arribistas. Todo lo veían plata.

—Veo que no tienes un buen concepto de mis colegas y, en consecuencia, de mí tampoco.

—Todos los que trabajaron bajo mis órdenes —añade Casimiro Puente apuntándome con el tenedor que tiene entre manos— les importaba un carajo las reglas. Las quebraban todas y solo para congraciarse conmigo y no los echara a patadas.

—¿De dónde eres? —pregunto para evitar escuchar más sandeces.

—Soy peruano.

—No lo pareces, pareces norteamericano.

—Mi madre fue norteamericana, soy Puente Jonsson.

—Ya veo.

El mozo llega con los platos y sin decir palabra los deja encima de la mesa. Casimiro Puente empieza a comer ni bien tuvo el plato delante de él.

—Te noto desanimado, sin energía —cambia de tema y me mira mientras mastica.

—Recibí una carta de uno de mis hijos.

—¿Y qué hay con eso?

—Están sorprendidos de que esté aquí. No les comuniqué mi decisión.

—Eso sí que es un problema. Yo les dije a todos que venía. Hasta a mi perro. Ja, ja, ja.

—Perdí el apetito —digo de improviso—. Me voy a mi cuarto.

—Si tu comida no fuera pescado, te hubiera pedido que me la dieras.

—Lástima —digo sin ánimos. Me levanto y, mientras camino hacia el ascensor, escucho un ruido de platos y vasos que chocan con frenesí. Me digo que el apetito que tiene Casimiro Puente es de alguien que quiere vivir y no morir.

5

Luis Enrique Castellanos Condori estaba devastado luego de la muerte de su madre. Ni el apoyo de su esposa, ni de sus hijos, ni los consejos de su padre, lo podían sacar del hoyo donde se encontraba. Se encerró en su casa y no salió de su cuarto durante una semana. Las únicas señales positivas que salían de su habitación eran los platos vacíos que dejaba al costado de la puerta. Todos en su familia estaban preocupados, temiendo lo peor. Si hubieran podido entrar a la habitación de Luis Enrique Castellanos durante esa semana, tal vez hubieran cambiado de opinión. Lo hubieran visto parado, con los ojos rojos y con la barba crecida, pero con la ropa limpia y sin arrugas, mirando a través de la ventana el horizonte infinito. Por su cabeza pasaban las numerosas ocasiones en las que había aumentado los fondos para que sus dos laboratorios de investigación y desarrollo tuvieran capacidad de recursos ilimitada, y así pudieran encontrar la cura de la demencia senil y, de esa manera, ayudar a su madre. Sabía que su cruzada era de un egoísmo sin par. Sabía que lo hacía solo por su madre que, si a ella le aquejara otra enfermedad, los fondos para esta serían igualmente ilimitados. Su madre era la prioridad. Si todo servía para ayudar a los otros, eso sería algo secundario, colateral.

Se alejó de la ventana y caminó hacia la mesa en medio del cuarto. Encima estaban desparramados los últimos informes que había recibido de sus laboratorios, días antes del fallecimiento de su madre. Los reportes indicaban el poco progreso que se había obtenido en los últimos seis meses. A pesar de los ingentes recursos del que disponían sus laboratorios, la ciencia avanzaba lentamente, bajo el método del ensayo y error. Los científicos se habían organizado de tal manera, que las pruebas se realizaban casi sin descanso, pero aun así los experimentos con neuronas cerebrales de ratones tomaban tiempo en dar resultados. El tiempo era lo único que el dinero de Luis Enrique Castellanos Condori no podía comprar. Y fue el tiempo que jugó en contra de él, propinándole su primera derrota importante y, quizás, la más trascendental de su vida.

Fue el último día de su encierro voluntario que la idea cruzó por su mente. Decidió que seguiría invirtiendo en sus laboratorios, pero a la vez lucharía para que sus seres queridos no tuvieran que vivir la terrible experiencia que su madre había padecido. Tomó un papel y un lápiz y bosquejó en unas cuantas líneas lo que sería su próximo proyecto: un conjunto de instalaciones que permitirían acabar, legalmente, con la vida de las personas diagnosticadas con enfermedades terminales, antes de caer postradas y perder la dignidad y el decoro: una eutanasia 2.0.

Al octavo día, las puertas de la habitación donde se encontraba encerrado el empresario se abrieron de par en par. Su esposa, hijos y su padre fueron testigos de excepción de la aparición de Luis Enrique. Lo vieron con la cara cambiada, radiante, como si hubiera encontrado la cura para la enfermedad de su madre. Reunió a su familia y les comunicó la idea. Todos lo observaban extrañados, como si fuera otra persona, como si fuera una aparición. Miraron el papel con el bosquejo del proyecto. Al final todos comprendieron y lo abrazaron, dando gracias por haber recobrado, al menos en carne y hueso, al Luis Enrique Castellanos Condori que todos esperaban.

A partir de ese día delegó la dirección de la mayor parte de sus negocios a personal de su confianza y se abocó a buscar, por todo el mundo, el pedazo de tierra que le permitiera poner en práctica sus planes. Contrató a varios estudios de abogados para que lo ayudaran con las implicaciones legales que su proyecto acarreaba. A pesar de que algunos países, como Canadá, habían creado unas tres décadas atrás un marco legal que regulaba el derecho a la eutanasia, esta solo era permitida bajo rigurosos criterios, siendo un *sine qua non* el hecho de que la persona debía estar en fase terminal de la enfermedad para acceder al beneficio.

Esto suponía, para Luis Enrique Castellanos, una traba para detener el sufrimiento que causaba el deterioro físico y psicológico del paciente, así como de su familia. Su idea era permitir el acceso a la eutanasia antes de que los síntomas de la enfermedad aparecieran.

En la tranquilidad de su oficina echó una mirada al mapamundi que colgaba de una de las paredes para dar con el lugar donde hacer realidad su proyecto. En el dos mil cuarenta y ocho la situación geopolítica era muy diferente de cuando era pequeño. China se había convertido en la primera potencia económica mundial, arrebatándole a los Estados Unidos la hegemonía que había tenido desde el siglo XX. Lo que no había cambiado eran los métodos poco democráticos con los que se conducía el gobierno chino y la agresividad con la que buscaba expandir su pensamiento por todo el mundo. A pesar de que tenía negocios en el gigante asiático, cuestionaba la opacidad del régimen, siempre con una enfermiza tendencia a cubrirlo todo con un manto de misterio. Luis Enrique Castellanos Condori tomó un plumón rojo y dibujó una X encima del mapa de China.

El mapa de Rusia, aliado de China, corrió la misma suerte. Desde que en los años dos mil veinte, los rusos trataron de anexar Ucrania a su territorio, sin éxito, estos se habían convertido en un socio estratégico de los chinos, controlando el suministro de gas y petróleo hacia los países de occidente. A pesar de la inmensidad de su territorio, Rusia no ofrecía un lugar adecuado para su proyecto. Las ideas conservadoras de sus dirigentes sobre la eutanasia eran compartidas con China y el control que ejercían sobre la población, con leyes de seguridad draconianas y la desinformación propalada por los medios de comunicación del gobierno, surtían el efecto deseado en los ciudadanos de a pie.

Europa estaba en las antípodas del pensamiento chino y ruso. Con la totalidad de sus países aliados a la OTAN (siendo Finlandia y Suecia los últimos en adherirse a la alianza), Europa era un muro de contención frente al poder sino-ruso, pero la cercanía del continente a las dos megapotencias lo hacían dudar. También era cierto que el Reino Unido y los Países Bajos, al igual que Canadá, tenían leyes que permitían a los ciudadanos acceder a la eutanasia, pero el problema era que no había suficiente espacio dónde construir el inmenso complejo que tenía en mente. Incluso Suiza, que había aprobado la muerte asistida sin restricciones a mediados del siglo XX, tenía limitaciones para aplicarla por este mismo motivo. Densamente poblada, Europa penaba por encontrar nuevos territorios donde expandirse. La sobrepoblación alarmante era el principal problema de Europa, dejando bien atrás a la inflación y el problema del envejecimiento acelerado de la población. Las ideas de Europa sobre el suicidio asistido eran similares a las del millonario hispano-peruano, pero este quería ir más allá: Luis Enrique Castellanos Condori quería masificar el acceso, cosa que en Europa estaban lejos de eso: allí el procedimiento se había vuelto elitista, marginal y discriminatorio. Europa recibió, por su parte, la X roja en el mapamundi.

Descartada Asia, que se había aislado prácticamente del mundo, solo quedaba la parte izquierda del mapa: América. Canadá y Estados Unidos quedaron borrados casi de inmediato. El primero porque había perdido poder e independencia frente a los Estados Unidos, convirtiéndose en un satélite de este, y el segundo porque estaba gobernado por un conservador provida y profamilia. Quedaba América Latina.

Sabía que poco o nada se había hecho en América Latina por ampliar las libertades de sus habitantes. Los países de esa parte del mundo tenían sucesivamente gobiernos conservadores que bloqueaban cualquier cambio que proponía el pensamiento liberal como despenalizar el aborto, legalizar el matrimonio gay y, por supuesto, permitir el suicidio asistido dentro de la ley. Siendo peruano por parte de madre, pensó en hablar con el presidente en funciones, pero sabía que sus pedidos caerían en saco roto. El Perú estaba gobernado en el año dos mil cuarenta y ocho por un pastor evangélico que pregonaba ideas retrógradas y propias de la época de la inquisición.

Ese mismo año se produjeron elecciones libres y democráticas en Chile y Luis Enrique Castellanos Condori vio con beneplácito el ascenso al poder de Lucio Caszely, un político liberal, bisnieto de Carlos Caszely, otrora gloria del fútbol chileno, que había hecho carrera desde muy joven como parlamentario. El país apoyó al joven político, deseoso de caras nuevas que le insuflaran una energía distinta. Luis Enrique tenía muchas inversiones en Chile y eso le valió ser recibido por el flamante presidente. En esa reunión, el empresario presentó su bosquejo de proyecto al presidente chileno y pidió que se le otorgara en concesión un pedazo de tierra. Incluso estaba dispuesto a aceptar una isla así estuviera lo más alejada posible de la costa chilena. El presidente, seguro de que el proyecto no tendría oposición, pues sus ideas habían calado hondo en la población durante la campaña electoral, aceptó la propuesta y prometió que presentaría el proyecto ante el parlamento.

Pasaron tres meses hasta que el gobierno pudo llevar ante el pleno del parlamento el proyecto del millonario hispano-peruano. El debate no se hizo esperar. Por un lado, estaban los conservadores, que se oponían a un proyecto que atentaba contra la vida de no solo los chilenos, sino de la humanidad entera; y por el otro, estaban los liberales, que consideraban que la idea no era del todo descabellada y que estaba dentro de su línea de pensamiento. La votación en la cámara de diputados fue encarnizada, pero pudo pasar la valla y se elevó a la cámara de senadores. Allí se aprobó sin problemas por la mayoría afín al gobierno.

Luis Enrique Castellanos Condori se reunió por segunda vez con el presidente para darle las gracias y ver qué pedazo de Chile le sería otorgado para levantar las infraestructuras necesarias para sus propósitos. Pronto se dio cuenta de que el presidente no había apoyado el proyecto con un fin altruista. Los ojos del mandatario se habían posado desde hacía mucho tiempo sobre el imperio inmobiliario que el magnate poseía en el centro de Santiago. Luego de negociar, Luis Enrique Castellanos tuvo que ceder el cuarenta y nueve por ciento de su sociedad inmobiliaria al gobierno Caszely. A cambio, este le cedería en concesión la isla Salas y Gómez, a cuatrocientos cincuenta kilómetros al este de la isla de Pascua, formada por dos rocas agrestes, la más occidental, con cuatro hectáreas de superficie y doscientos setenta metros de largo.

Cuando los diarios chilenos y del mundo entero publicaron la noticia de que la isla pasaría a manos de un particular, la población salió a las calles: allí estaban los que acusaban al gobierno de regalar territorio nacional acompañados de los grupos ecologistas, que estaban en contra de la invasión de un pedazo de roca que servía como hábitat a diversas aves marinas. En poco menos de una semana, las calles de Santiago fueron ocupadas por miles de personas de toda clase, condición social y pensamiento ideológico, que pedían la anulación de la concesión de la isla Salas y Gómez. Poco a poco, y ante la negativa del gobierno de ceder ante la demanda, la gente cambió su discurso y pidió la dimisión del joven presidente, así como la de todos sus ministros.

El gobierno de Lucio Caszely acusó el golpe. En vano trató de explicar que el país se beneficiaría con los recursos que el imperio inmobiliario de Castellanos generaría a futuro, a cambio de un par de rocas en medio del océano Pacífico. Además, la isla seguía siendo de Chile, y solo era una concesión por un tiempo determinado. Las protestas arreciaron y el gobierno chileno optó por sacar al ejército a las calles. La represión fue brutal. Hubieron muertos de uno y otro bando y las protestas cesaron. El gobierno de Lucio Caszely terminó muy debilitado políticamente y tuvo que recomponer el gabinete varias veces hasta encontrar un equilibrio. Fanático del fútbol y conocedor del impacto de este en la población, el presidente chileno apeló a la Federación Internacional de Fútbol (FIFA) para que lo ayudase, poniendo como estandarte a su bisabuelo. La FIFA, luego de muchas negociaciones y dinero de por medio, respondió y a los pocos meses se celebró en Chile la Copa del mundo de fútbol, donde, luego de treinta días de competición, Chile resultó campeón y se alzó con la ansiada copa dorada. Dejando de lado las acusaciones de partidos amañados para permitir el acceso a la selección chilena a las instancias finales, las protestas por la designación de árbitros claramente parcializados con los locales y los rumores de que el fixture había sido preparado para favorecer al equipo de casa; el equipo chileno fue un justo campeón. La algarabía de los chilenos no se hizo esperar y las celebraciones duraron varias semanas. Luego de la resaca del triunfo, las protestas amainaron, el tema de la concesión de la isla Salas y Gómez se fue diluyendo en la mente de la gente y el gobierno Caszely creció en popularidad hasta llegar a los niveles de sus inicios.

Luis Enrique Castellanos Condori, que había seguido muy de cerca los acontecimientos en Chile, respiró aliviado. Luego de haber estado hace ocho meses frente al mapamundi colgado en una de las paredes de su oficina buscando un lugar para su proyecto, se paró frente a este nuevamente. Tomó un plumón verde de su escritorio, dibujó un aspa encima del mapa de Chile y trazó una línea recta hacia un punto minúsculo en medio del mar: la isla Salas y Gómez, la que a partir de ese momento pasaría a llamarse la isla Castellanos.

6

Hola, padre:

Te soy sincero. No iba a escribirte. No pensaba hacerlo, pero luego de hablar con Amelia y enterarme que ella lo hizo, supe que era pertinente enviarte unas cuantas líneas. Primero tengo que decirte que, así como a Amelia, me sorprendió mucho la decisión que tomaste. No estoy de acuerdo con lo que hiciste, pero respeto tu elección. Sé que Amelia está muy molesta contigo y que no para de llorar desde entonces. Yo no estoy molesto. Entiendo tus motivos, aun cuando no nos los hayas dicho directamente. Me imagino que es por el miedo a envejecer y terminar como mamá en sus últimos años.

Escribo esta carta no para pedirte que cambies de idea. La escribo para que sepas que me tienes para cualquier cosa que necesites. Estoy aquí para ti, aunque sé que no apruebas mis decisiones y mi elección de vida. Sé que el haber tenido un hijo homosexual fue un duro golpe para ti, uno inimaginable; uno que un maniático de la disciplina y la mal llamada hombría no podía tolerar debido al qué dirán. Nunca me lo dijiste, pero sé que sufriste y mucho a causa de eso. No me disculparé por lo que soy, porque no he cometido ninguna falta, a pesar de que la sociedad, en mis primeros años de haberlo hecho público, me rechazó e hizo de mi vida un infierno, hasta que encontré a Tomás; y desde esa vez, he sido la persona más feliz sobre la tierra.

Nunca hablamos fuerte y claro sobre mi homosexualidad. Luego de enterarte, te alejaste. Admito que yo también, pero el irme a vivir a España, donde la comunidad gay no tiene los mismos problemas que en Lima, me permitió crecer como pareja y como ser humano. Por coincidencias de la vida, vivo en Alcorcón, a unos cuantos metros de la casa donde nació el fundador de la isla en donde estás, esperando lo inevitable. Digo que nos alejamos ambos y luego de varios años pudimos hablar y cerrar las heridas y lograste aceptarme cómo era. El tiempo permite curar todo. El alejarnos fue lo mejor que pudimos haber hecho.

Acabo de cambiar de trabajo. Es uno donde pagan mejor y hay posibilidades de ser promovido. Tú sabes que en estos momentos los especialistas en marketing están muy bien vistos y son muy buscados. Las cosas con Tomás van mejor que nunca. Nuestra relación pasa por su mejor momento, tanto así que estamos pensando adoptar un bebé. Esto último tal vez te horrorice y te haga querer seguir adelante con tu decisión, avergonzado de tenerme como hijo, pero ten en cuenta que va a ser un nieto tuyo, y, si eso pasa, me gustaría que lo conocieras y lo cargues en tus brazos, así como hiciste conmigo cuando nací. Todavía no lo tenemos decidido, solo son conversaciones que poco a poco toman cada vez más fuerza.

No quiero ponerme sentimental, pero recordar mi niñez en estos momentos, en la que quizá sea mi última comunicación contigo, es inevitable. Solo quiero decirte que tuve una infancia feliz. Mamá y tú estuvieron siempre allí para mí y también para Amelia. Recuerdo con nostalgia los paseos a las playas al sur de Lima, cuando me cargabas en tus brazos y me decías que no le tuviera miedo al mar, respeto sí, pero nunca miedo. Antes de entrar al agua me enseñaste siempre a persignarme, como pidiendo a Dios que nos proteja para que ninguna corriente artera nos arrastrase hacia el fondo. Mientras Amelia se quedaba con mamá, tú y yo corríamos y nos zambullíamos en las olas que rompían en la orilla. Me enseñaste a no dejarme arrastrar por ellas, a meterme en su cola antes de que estas reventaran y salir triunfante por el otro lado, con una sonrisa en el rostro.

Todo cambió cuando cumplí diez años. Creo que fue ahí que te diste cuenta de que mi interés por las cosas de hombres era nulo. Varias veces me encontraste en mi cuarto con la ropa de Amelia encima de mí y sus muñecas mezcladas con los carros y robots que me comprabas o que recibía como regalo por mi

63

cumpleaños. Vi la preocupación y el desconcierto en tu rostro. Varias veces oí las conversaciones que tenías con mamá sobre mi «problema» y las ideas que tenías para solucionarlo. Recuerdo que mamá te decía que no era un problema, que mucha gente nacía así, que yo era tu hijo y tenías que aceptarme como tal. Tú no escuchabas y te dejabas guiar, seguramente, por las opiniones machistas de tus amigos, sobre todo de aquellos con los que recibiste instrucción militar durante dos años, y de la que hablabas con tanto orgullo, pues decías que la disciplina que aprendiste en el ejército te ayudó a convertirte en el contador que llegaste a ser. Esa bendita disciplina que nos inculcabas a Amelia y a mí y que, tengo que aceptarlo, nos ayudó mucho en la vida.

Déjame decirte algo que nunca te dije, pero creo que lo intuiste desde que sucedió. Odié el colegio militar donde pasé la secundaria, allá en Lima. Lo odié como no tienes idea. ¿Por qué me matriculaste allí? ¿Querías que la vida militar me cambiara y me hiciera el hijo macho que siempre quisiste que fuera? Nunca me lo dijiste, y eso que te lo pregunté varias veces, pero tus respuestas eran evasivas. Los cinco años que pasé ahí me marcaron tanto que hasta hoy tengo pesadillas y a veces me levanto sudoroso y llorando. He estado yendo a terapia, a pedido de Tomás. Esas sesiones me están ayudando mucho y gracias a ellas puedo escribirte como lo estoy haciendo, sin miedos ni remordimientos, botando todo lo que me carcome por dentro. Te puedo decir que funciona.

Me pregunto si recibiremos una carta de tu parte antes del final. Antes de que sientas el hincón de la inyección letal que hará que ingresen a tu cuerpo las drogas que te pondrán a dormir durante varios minutos hasta que tu corazón pare de funcionar. Me pregunto si durante ese tiempo tendrás alucinaciones o soñarás o tendrás pesadillas. He leído que una de las drogas que usan en el procedimiento, el fenobarbital, produce dolor de cabeza, náuseas y mareos. Tengo el presentimiento de que Castellanos no proporciona todos los detalles relacionados con la muerte asistida, aunque antes de escribirte revisé su sitio web y me sorprendí con la cantidad de información que muestran, desde que llegas a la isla hasta cuando mueres. Nunca imaginé que la muerte se convertiría en algo tan frío y burocrático.

Intuyo que ya habrás leído la carta de Amelia, una carta, me imagino, llena de reproches y lamentos y donde seguro menciona a Graciela como la causante de todas nuestras desgracias. Me dolió mucho lo que nos hiciste, pero luego de unos años comprendí por qué lo habías hecho, tal vez agobiado por la larga relación con mamá, una relación que se desgastó con el paso del tiempo. Ambos conocemos cómo es Amelia. Sabemos que, a pesar de que es mi hermana mayor, actúa como si fuera la menor, como si siempre necesitara el apoyo de alguien para existir. Primero fuiste tú y mamá que asumieron ese rol, luego yo en la adolescencia y al final Ricardo, su esposo, que según me cuenta ella, estaría sacando los pies del plato. A veces no entiendo a mi hermana, aunque la quiero porque siempre estuvo ahí para mí, sobre todo en los momentos más bajos de mi existencia.

¿Qué más te puedo decir, padre? El miedo a la muerte es muy duro, sobre todo cuando llegas a una cierta edad, en donde piensas más en leer y en ver televisión que buscar nuevos proyectos. Me imagino que ves el camino que te queda por delante y ves un sendero largo y al fondo una zona negra y nebulosa donde te tocará entrar inevitablemente, sin saber lo que encontrarás allí dentro. Tal vez tienes miedo de encontrar lo que encontró mamá cuando le tocó llegar a ese lugar. La vejez y todo lo que la acompaña es parte de la vida. No sé cómo reaccionaré cuando cumpla sesenta y cinco años, no sé si estaré solo o con Tomás o quizás con el bebé que adoptaremos, que ya no será un bebé sino un hombre o una mujer rodeada de una familia amorosa. Lo que sí sé es que pensaré en ti y me preguntaré si valdrá la pena viajar a Castellanos. Es posible que de aquí a treinta años haya no uno sino decenas de Castellanos que ofrecerán una muerte digna y feliz, si a la muerte se le puede calificar de esa manera. Tal vez Castellanos haya desaparecido y tendremos la tecnología de morir en nuestras casas, así como cuando las computadoras dejaron de ser equipos sofisticados usados solo por universidades para volverse parte de nuestra vida cotidiana.

Padre, he dejado de verte por una semana y ya te echo de menos. Si la decisión de ir a Castellanos ha sido meditada, sin influencias externas nocivas, tienes mi apoyo total. Soy tu hijo y te apoyaré en todo lo que decidas, así no me guste lo que veo. No soy religioso, como bien lo sabes; pero si existe algo allá arriba que recibirá tu alma cuando esta haya abandonado tu cuerpo físico, espero que la reciba como lo mereces, como el buen padre que fuiste, con sus virtudes y sus errores como los tiene cualquier ser humano. Te amo, padre.

Miguel

7

Me despierto bruscamente, con el aliento entrecortado y la frente empapada de sudor. Mis ojos tratan de encontrar un resquicio de luz que le permita comunicar a mi cerebro el lugar donde estoy. Luego de un par de minutos sentado en medio de la oscuridad, mi respiración se regula y las sombras se van atenuando hasta que mis ojos reconocen la habitación que el personal de la isla de Castellanos me ha asignado. Dejo caer la cabeza encima de la almohada, miro al techo y trato de recordar qué día estamos. Descubro que es mi segundo día en la isla y que acabo de tener una horrible pesadilla. No recuerdo bien los detalles, pero, poco a poco, las imágenes afloran en mi mente. Estoy solo, en el fondo de un pozo negro y frío. Lo sé, porque miro hacia arriba y veo un pequeño círculo por donde se ve la luz del día, pero la boca del pozo está tan arriba que la luz no logra iluminar el lugar donde estoy. La sensación es rara, pues no huelo nada. Es como si me encontrara en un lugar sin aire ni atmósfera. Me pregunto si los astronautas sienten lo mismo cuando están afuera de su nave, en el espacio vacío, realizando una caminata espacial para reparar una falla en la estación internacional.

De pronto, el miedo se apodera de mí y siento que se agarrotan mis músculos y me paralizo. Respiro con dificultad, pero no colapso porque el aire llega, no sé cómo, a mis pulmones y a mi cerebro, en suficiente cantidad para permitirme estar lúcido. Trato de luchar hasta que al final cedo ante esta fuerza invisible que me tiene prisionero. Luego de hacerlo reparo en una presencia que está cerca de mí. Escucho su respiración, veo su silueta, pero no distingo sus rasgos. Luego de un rato las sombras se disipan y reconozco a Rebeca, mi exesposa, sentada en su silla de ruedas. Veo que me mira fijamente y siento una sensación de asco y vergüenza. Tiene el mismo aspecto que mostraba en los días antes de morir, pero los ojos no son los mismos, no son los ojos de una persona moribunda. Los que me miran tienen una lucidez fuera de lo normal. Son ojos de alguien que te reprocha en silencio todas las cosas que hiciste mal en la vida. Trato vanamente de desviar la mirada. Al fin, la veo mover los labios. Ningún sonido sale de su boca, pero escucho horrorizado en mi cerebro las palabras que deberían ser captadas por mis oídos: «Edmundo, no lo hagas».

Sigo echado en mi cama, sin ganas de levantarme. La pesadilla ha sido muy vívida, casi real. La sensación de angustia y horror ha dejado un sabor amargo en mi boca. ¿Por qué habré soñado con Rebeca? ¿Es que mi subconsciente ha tomado la imagen de mi exesposa para enviarme un mensaje? ¿O habrá sido ella que quería darme una advertencia desde el más allá? Ver a Rebeca en silla de ruedas, luego de haber sido un ser humano libre y fuerte, es un golpe del cual no me recupero del todo.

Tengo dudas sobre mi estadía en Castellanos. Tengo serios cuestionamientos sobre mi accionar. Es un debate interno que empezó con más fuerza al aterrizar en la isla. Las preguntas no cesan de aparecer en mi cabeza: ¿Acaso tengo el derecho de disponer de mi vida como bien me parezca? ¿Acaso estoy siendo egoísta, como dice mi hija Amelia en su carta? Me digo, entonces, que todos somos egoístas en este mundo y el que diga que no, entonces está siendo muy hipócrita. El tema es que cuando se trata de la muerte, las cosas se vuelven extremas. La muerte. La eterna desconocida. ¿Es eso acaso lo que me hace dudar? ¿Tomar voluntariamente un camino desconocido, sin vuelta atrás? En nuestra vida diaria tomamos decisiones que nos llevan a futuros alternativos y así construimos nuestro derrotero y armamos una vida que pudo ser otra debido a una elección hecha en una fracción de segundos. Pero estas decisiones no están en contra del hecho de seguir en este planeta: respirando, amando, odiando. Con la muerte, es diferente. Si optamos por ella, ¿adónde vamos? El miedo a la muerte es el miedo a lo desconocido; un miedo primitivo, pues nuestros genes están programados para sobrevivir.

También he pensado mucho en el procedimiento. He leído con atención los pasos a seguir antes de recibir el servicio contratado. Es tan frío que parece haber sido escrito por un burócrata que trabaja en una oficina del gobierno desde hace treinta años. El procedimiento ha sido redactado de esa manera, con un desapego singular, como si buscara deshumanizar a aquellos que optan por él. No es solo miedo lo que tengo cuando pienso en el procedimiento. Es una mezcla de sentimientos encontrados: rabia, indiferencia, miedo, admiración. Puede ser también que el texto haya sido escrito por un robot, por una IA (inteligencia artificial) de las tantas que pululan en los laboratorios de las universidades. Estoy casi seguro que el procedimiento no fue redactado por las máquinas. Hace veinte años dudaría, pues en esa época se intentó que la IA se mezclara con los humanos. El resultado fue la cancelación de esos proyectos. De alguna manera, evitamos que la IA nos destruyera y tomara el control del planeta. Si no fue redactado por estas, se asemeja mucho. Me hace recordar a la cruel pulcritud de los nazis al planificar y poner en ejecución el exterminio de todo un pueblo.

Siempre fui de tener pocos amigos y ahora ya no los tengo. Los fui perdiendo lentamente, como cuando se cocina un guiso y se quiere que la carne se despegue sin dificultad del hueso. Fui muy selectivo de joven y no me importaba estar solo por largos periodos hasta que encontraba a alguien con gustos parecidos a los míos y con quien podía tener conversaciones interesantes. A mis sesenta y cinco años me duele estar solo, a pesar de que lo niegue siempre en público y diga que no me importa, que la soledad es mi amiga y así me siento bien. En ocasiones la soledad funciona, pero ya no la mayor parte del tiempo. Con mi exesposa muerta, mi amante lejos de mí y mis hijos que viven su vida, aun cuando proclamen a los cuatro vientos de que están allí para mí, me siento muy solo. La isla me proporcionará una solución permanente para este problema.

Por quien tengo más pena es por mi nieto Felipe. No me hace mucha gracia dejar de visitarlo. Ya no contarle mis anécdotas y experiencias pasadas y no verlo crecer hasta convertirse en un hombre hecho y derecho. Es un niño muy sensible y receptivo. Su risa fresca y clara, sin ninguna malicia, me hace creer que la raza humana tiene, todavía, algo de esperanza. Tal vez el estar con él hace que me sienta menos culpable por los errores que cometí con mis hijos. No fueron graves, incluso puedo considerarme un buen padre, pero hay cosas de las que me arrepiento: fui muchas veces un padre severo, que pregonaba la disciplina como parte fundamental de la vida y también sobreprotector, lo que hizo que mis hijos crecieran un poco confundidos. Este proceder quizá haya sido el detonante para que Miguel sea homosexual. A veces me culpo por ello. En su carta me dice, por primera vez que nada de eso es culpa mía. Pero yo siento que, de alguna manera, le fallé y eso es algo que no me puedo perdonar.

Miguel menciona en su carta que quizás he optado por venir a Castellanos porque ya no tengo proyectos y lo único que me apetece es leer o mirar televisión. Se equivoca de cabo a rabo, pero, en cierto modo, creo también que no le falta razón. Una de las cosas de las que siempre quise huir fue del aburrimiento. Odiaba quedarme sin hacer nada. Podía pasar máximo dos semanas sin no hacer nada, únicamente mirando televisión y saliendo a la calle a caminar y ver el mundo pasar, pero luego siempre había algo dentro de mí que me empujaba a hacer cosas, lo que fuera, con tal de vencer esa extraña sensación de sentirme un inútil. Al jubilarme, y luego de dos semanas de descanso, comencé varios proyectos que no llegaron a buen puerto. Cada vez que fallaba me decía a mí mismo que intentaría algo más hasta que me di cuenta de que el tiempo ya no me acompañaba como antes. Eso me desanimó y me obligó a replantear mi vida. La peor maldición del ser humano es tener el cerebro de un joven de veinticinco años en el cuerpo de un viejo decrépito. Así me siento yo, y nadie ha logrado convencerme de lo contrario.

De pronto, alguien toca a la puerta y me saca de mis cavilaciones. Tal vez es Mark, que viene a decirme que tengo que bajar al comedor para tomar el desayuno, aunque el día anterior me había llamado por teléfono. Me levanto de la cama portando únicamente un polo manga corta y un pantalón de pijama y recorro los pocos metros que me separan de la puerta. Al abrirla me encuentro cara a cara con Casimiro Puente.

—¡Edmundo! —exclama con una sonrisa en el rostro que está más colorado que nunca—. Pensé en venir a verte. ¿Puedo pasar?

—Claro, adelante —me resigno.

Cierro la puerta detrás de él. Veo que se dirige hacia la ventana y descorre las cortinas que hacen de la habitación un lugar lúgubre y mal ventilado.

—¡Ya está! —dice Casimiro Puente—. Un poco de luz no le hace mal a nadie.

—Siéntate —le digo, invitándolo con la mano a que lo haga en una de las sillas que hacen juego con la mesa.

—Gracias —dice obedeciendo—. Vine a ver cómo estabas antes de que nos llamen para tomar el desayuno.

—¿Qué hora es? —pregunto y me paso la mano por la cara.

—Seis y media de la mañana. En media hora tenemos que bajar. ¿Dormiste bien?

—La verdad, no —afirmo—. Tuve una pesadilla.

—Es normal —acepta Casimiro—. Todos con los que he hablado han tenido pesadillas.

—¿Cómo todos con los que has hablado?

—Tú eres la tercera persona con la que he conversado esta mañana.

—¿En serio?

—Sí, y todas han dormido pésimo.

—¿Y tú?

—He dormido como un bebé.

—No lo entiendo —digo confundido—. ¿Cómo puede ser que no estés estresado ante lo que se viene? Lo he notado desde que nos conocimos en el avión y luego en el comedor. Pareces una persona que ama la vida.

Lo miro y noto que piensa la respuesta antes de decirla. Es en ese momento que me doy cuenta de que Casimiro Puente está hecho de harina de otro costal.

—Si estás aquí, en la isla, quiere decir que quieres morir. ¿Acaso hay algo más que quieras hacer? ¿Acaso ya no lo decidiste? Yo sé lo que me va a pasar en tres días. ¿Lo puedo evitar? Claro. ¿Quiero evitarlo? No. Ya está decidido. Entonces, no te preocupes. Disfruta cada momento y cuando llegue la hora de echarte en la camilla para recibir la inyección, acéptala de buen grado. A no ser que tengas todavía dudas.

—¿Es que no todos las tenemos?

—Si no estás seguro, Edmundo, deberías dar un paso atrás y regresar con tu familia.

—No es tan sencillo.

—Tal vez has recibido otra carta, ¿o me equivoco?

—No —digo mirándolo un poco sorprendido—. No te equivocas. Recibí la carta de mi hijo Miguel.

—¿Te pide que no lo hagas?

—Al contrario. Me ofrece todo su apoyo.

75

—Es admirable, Edmundo.

—Mi hijo es gay —digo sin pensar.

—Yo tenía un hijo drogadicto. Murió de sobredosis. A los veinte años.

—Cuánto lo siento —digo apesadumbrado.

—Ya hice el duelo. Me duele en el alma, pero no hay nada que yo pueda hacer.

—Amo mucho a mi hijo.

De improviso, el teléfono del cuarto suena. Me levanto y contesto con aire desganado. Luego de unos segundos cuelgo.

—Era Mark —le digo a Casimiro Puente—. Mi asistente personal. Me pide que baje.

—El mío se llama Steve y debe estar buscándome como loco —dice Casimiro riendo—. Vamos. Bajemos.

—Me cambio y nos vamos —digo mientras pienso que mi bonachón compañero de viaje se ha convertido en alguien muy importante para poder sobrellevar de la mejor manera mi estadía en Castellanos.

8

Fue en dos mil cuarenta y ocho que Luis Enrique Castellanos Condori recibió en concesión la isla Salas y Gómez, propiedad de la República de Chile, a cambio de un fuerte porcentaje del imperio inmobiliario que poseía en Santiago. No le importó perder un fuerte porcentaje de sus propiedades. Su nuevo proyecto era prioritario y tenía toda su atención. Luego de haber pasado casi dos años a tiempo completo luchando por encontrar una cura para la enfermedad de su madre, el proyecto de la isla de Castellanos venía a suplantar esa lucha, que lo había consumido hasta casi terminar con su matrimonio y poner en riesgo su salud física y mental.

Lo primero que hizo fue contratar a un estudio de arquitectos para que diseñaran las infraestructuras que se construirían en las dos rocas en medio del océano. El estudio de arquitectos propuso la construcción de dos edificios idénticos, uno al lado del otro, no al nivel de las dos rocas, al juzgarlas muy inestables y de superficie irregular, si no, teniéndolas como cimientos. Los dos edificios se apoyarían en gruesas columnas de metal y concreto, asentadas a su vez en las rocas que conformaban la isla. Luis Enrique Castellanos Condori exigió que los dos edificios tuvieran una capacidad total de dos mil quinientas personas, con ambientes separados para los clientes y los empleados. La firma de arquitectos dio el visto bueno y todo estuvo listo para empezar la obra.

Los trabajos debutaron seis meses después. La fecha de entrega de los dos edificios, además de un aeropuerto que

77

permitiría comunicar la isla con el mundo exterior, estaba programada para mediados de dos mil cincuenta. Luis Enrique Castellanos Condori aprobó los planos y la fecha de entrega. La noticia se difundió por todos los rincones del planeta. El mundo estaba maravillado por la complejidad de los trabajos y la tecnología a usarse en estos. Era la primera vez que una megaestructura de cemento y acero, una miniciudad, sería construida en medio del mar y en tiempo récord. Se contrató a personal especializado en excavación submarina y a trabajadores con experiencia en la construcción de plataformas petroleras en altamar. El costo de construcción se elevó exponencialmente, lo que hizo que el millonario hispano-peruano obtuviera financiamiento poniendo en garantía las acciones que tenía en sus innumerables empresas.

El mismo día que los trabajos empezaron, los reclamos de los grupos ecologistas contra la construcción del complejo, comenzaron también. A pesar de los tres mil kilómetros que separaban a la isla de las costas de Chile, barcos especialmente contratados llegaban a una prudente distancia. De estas embarcaciones salían pequeños botes y lanchas a motor ocupadas por ecologistas aguerridos que intentaban sabotear los trabajos. En tierra, estas agrupaciones iniciaron una campaña mundial de publicidad contra la construcción del complejo donde se incidía

78

en que, a pesar de que la isla no tenía habitantes (era más una formación rocosa que una isla propiamente dicha), era lugar para el apareamiento y el desove de muchas especies de aves marinas, siendo la más representativa el faetón colirrojo, también conocido como el ave del trópico de cola roja.

A la par de estas acciones, los grupos provida participaron en las protestas. Se formaron importantes lobbies de gente muy influyente, tanto de la política como del arte, quienes denunciaban el carácter antiético e inhumano del proyecto. Si en Chile las protestas habían amainado considerablemente, la ola de indignación se propagó por el mundo entero. En las calles de Nueva York, Pekín, Moscú, Lima y Montreal; miles de personas protestaban con pancartas y altavoces, mostrando su descontento. Los representantes de las religiones de todo el mundo enviaban sendos comunicados por radio y televisión denunciando la construcción de los «complejos de la muerte» que iban en contra de miles de años de preceptos que defendían el derecho a la vida de las personas.

China envió una fuerte carta de protesta a Chile, a través de su embajador, pidiendo que se detuvieran los trabajos. A esto se unió también Rusia (como aliado de China). Los países europeos, a pesar de que su línea de pensamiento estaba acorde con los actos del gobierno chileno, enviaron una carta con tono conciliador, donde pedían una pausa en la construcción del complejo, con el fin de conversar sobre el tema en una mesa de negociaciones. Estados Unidos y Canadá se mantuvieron al margen, reconociendo tácitamente la independencia y soberanía del país del sur.

El gobierno Caszely se mantuvo firme en su decisión, ya que no quería mostrarse débil frente a las exigencias de las potencias y porque sabía que si jugaba la carta de la soberanía territorial seguiría contando con el apoyo de la población. No obstante, el presidente convocó a una reunión de urgencia con Luis Enrique Castellanos Condori. Fue una reunión secreta donde el presidente expuso sus dudas frente al proyecto. Castellanos jugó la carta de la codicia. Le dijo al mandatario que, si el proyecto se cancelaba, la cesión de su participación en el imperio inmobiliario en el centro de Santiago quedaría sin efecto inmediatamente. El empresario sabía que tenía ante él a un hombre cuya ambición era su mayor virtud y mayor defecto al mismo tiempo. Gracias a esto, y a que los abogados le aseguraron al presidente de que legalmente las potencias mundiales no podían hacer nada al respecto, el proyecto siguió su curso.

Pero las dificultades siguieron apareciendo, añadiéndose a las protestas, los problemas de carácter logístico como los contratiempos para transportar por vía marítima el material necesario para la construcción del complejo y también las trabas en la concepción y diseño de los dos edificios. A pesar de la solidez de los promontorios rocosos de la isla, la ejecución se hizo ardua y difícil, debido al terreno agreste, que no permitía movilizar maquinaria pesada en un espacio muy reducido, y al rudo clima, que traía tormentas tropicales y copiosas lluvias que, a veces, dejaban inutilizadas las costosas maquinarias pesadas.

A esto se sumó un problema legal no previsto por los abogados. La legislación chilena era obsoleta en materia de la eutanasia. El presidente Caszely había asegurado a Luis Enrique Castellanos Condori que los cambios en la ley se harían antes de que los edificios en la isla estuvieran terminados. La realidad era otra muy diferente. Algunos legisladores que apoyaron la concesión de la isla Salas y Gómez eran renuentes a dar apoyo a los cambios en la ley. El cambio más controversial era aquel donde se daba acceso a la eutanasia a las personas diagnosticadas con una enfermedad incurable, aunque estas no mostraran síntomas de su padecimiento. Para muchos legisladores la idea iba muy lejos, por audaz e inmoral. Este cambio iba en contra de sus valores y creencias. Según ellos, no se podía jugar con la vida de las personas de esa manera. Tenían miedo de que, al permitir ese cambio en la constitución chilena, se abrirían puertas que conducirían a excesos y decisiones radicales.

Los diarios de todo el mundo sentaban posiciones diametralmente opuestas al proyecto y cientos de columnas de opinión se publicaron en sus ediciones en papel y digital, muchas veces con un lenguaje amenazador. A principios del dos mil cuarenta y nueve, luego de seis meses de haber empezado los trabajos, la polarización de la población mundial sobre el tema en cuestión había alcanzado el clímax. Los temas como la hambruna en los países pobres, el calentamiento global mundial y las epidemias con virus cada vez más agresivos y difíciles de curar, pasaron a un segundo plano. La construcción del complejo en la isla Castellanos era la comidilla en las mesas de la mayoría de los habitantes del planeta Tierra.

Luis Enrique Castellanos Condori hacía oídos sordos a todas las críticas que recaían sobre el proyecto. Quien lo hubiera observado en el día a día, supervisando cada detalle, aprobando cada orden de servicio, firmando cada requerimiento de material; diría que estaba ante un poseso, ante un iluminado que no daría marcha atrás en sus planes. Su familia no lo veía casi nunca, pues pasaba los días y las noches en su lujoso megayate de ciento diez metros de eslora, con capacidad para cien pasajeros, amarrado a la isla. Allí tenía todas las comodidades que le permitían pasar largas temporadas en medio del mar sin añorar las que había en tierra firme.

Los problemas enumerados retrasaron la entrega del proyecto, que se culminó cuatro años después de poner la primera piedra, en el dos mil cincuenta y dos. El complejo se componía, tal y como lo había exigido el magnate, de dos edificios en forma de medialuna, uno junto con el otro, y un moderno aeropuerto con dos pistas de aterrizaje. El proceso de contratación de personal debutó auspiciosamente. Se recibieron diez mil currículos de todo el mundo. Cada candidatura fue analizada con rigurosidad extrema, pues Luis Enrique Castellanos Condori exigía una devoción única hacia las personas que escogieran Castellanos como destino final. El contrato de trabajo estipulaba que los empleados debían residir en el complejo durante diez meses al año con un salario mucho mayor que el promedio del mercado para trabajos similares, un bono de performance, además de comida y pasajes aéreos gratuitos mientras siguieran en funciones.

Cuando Luis Enrique Castellanos Condori establecía, con una junta de médicos, los protocolos clínicos que regirían en la isla, recibió la noticia que el proyecto de ley para cambiar la Constitución en el tema de la eutanasia había sido rechazado por la cámara de diputados. Sin amilanarse, el empresario completó los protocolos, como si el cambio hubiera sido aceptado y se encerró en la habitación de su lujoso yate. Allí dentro, juró que su proyecto se concretaría y, por primera vez, tuvo la idea de convertir a Castellanos en un país soberano e independiente.

9

Hermanito querido:

Antes que nada, que el todopoderoso te bendiga y te cuide. Te escribo porque me han asegurado que esta carta llegará antes de que hayas ido a reunirte con el Señor y espero que puedas leer lo que he escrito con tanto pesar. He hablado con Amelia y Miguel y están devastados por el hecho de que no les comunicaste tu decisión de ir a Castellanos. Me pregunto cuál fue tu motivación. ¿Pensaste que te íbamos a retener? ¿Que te secuestraríamos en tu casa para no dejarte salir de allí? Eres un hombre grande, a pesar de que seas mi hermano menor y sabes lo que haces para estar cuidándote como un bebé, como cuando mamá me pedía que te cuidara de niño, mientras ella iba a preparar el biberón para alimentarte. Eso no quita que todavía seas para mí ese lindo bebé que encantó a todos en la casa, el tercero de los hermanos, el benjamín de la familia y el más engreído.

Amelia estuvo conmigo ayer en la noche. Vino a verme con los ojos rojos de tanto llorar. Yo traté de consolarla lo más que pude. Me preguntó muchas cosas de ti: de cómo eras de niño, si te gustaba la escuela y si te conocí alguna que otra enamorada antes de casarte con Rebeca. Quiso saber cómo era tu reacción cuando moría un familiar cercano y tu comportamiento en los velorios y funerales. Le dije la verdad: que nunca vi nada extraño. Me pidió ver los álbumes familiares, los que conservo luego de la muerte de papá y mamá. Lloramos ambas al verte tan joven, jugando con tus amigos, comiendo con la familia en Navidad o del brazo de una linda chica en tu fiesta de promoción. Tu hija se fue tarde, un poco más calmada y con la seguridad que me tiene a mí ante cualquier eventualidad, en caso sigas adelante con lo que has decidido.

Hoy cuando me desperté recordé algo que no le dije a Amelia: creo que siempre te mostraste indiferente ante la muerte. Nunca vi que estuvieras realmente afectado en los funerales a los que asististe. Incluso diría que, en el funeral de papá y mamá, a diferencia de Carlos, no lloraste (corrígeme si me equivoco, si puedes o quieres responderme) y te vi más bien atareado con los trámites del seguro de defunción y del camposanto. Carlos, en cambio, estaba destrozado y no atinaba a nada, siendo él mayor que tú, pero ambos sabemos que nuestro hermano es el más sensible de los tres. Aun cuando yo te llevo cuatro años y Carlos dos, creo que eres el más maduro y ecuánime de los tres cuando suceden cosas intempestivas y funestas.

Es por eso que me sorprende que estés en Castellanos. Hasta ahora no lo creo. Que yo recuerde, nunca te vi apoyar el proyecto cuando estaba en construcción, pero también es verdad que nunca te vi oponerte. Eras más bien frío y desapegado frente al tema. Sabes que yo sí me opuse ante esa locura y que, junto con Amelia, participé activamente en las protestas que se organizaron en Lima. Sabes también que estuve acompañada con el grupo de oración al que pertenezco. Todos juntos contra ese maldito proyecto. A mis sesenta y nueve años no pienso viajar a la isla. Mis valores y convicciones no se han movido un ápice en todos estos años. ¿Crees que le tengo miedo a la muerte? ¿Piensas acaso que tengo pavor de quedar postrada en una silla de ruedas o en la cama de un hospital? Yo acepto a la vida como llega, sin hacerle ascos ni guiños. A pesar de que nunca me casé ni tuve hijos, no pienso adelantar mi partida de este mundo, con ninguna ayuda disponible. Sola he vivido desde los veinticinco años y sola moriré, ya sea con mi cabeza bien puesta, ya sea sin reconocer a nadie y con dolores causados por alguna enfermedad mortal.

Me gustaría saber por qué lo hiciste. Más por curiosidad, para determinar en qué momento de tu vida dejaste de lado las enseñanzas que nuestros padres nos enseñaron. ¿Crees que ellos estén ahora orgullosos de ti? ¿Sabes lo que dirían si estuvieran vivos? Lo sabes muy bien, no tengo por qué recordártelo. El hecho de que se pueda hacer algo no significa que debas hacerlo. Sé que el número de personas que viajan a Castellanos aumenta de manera exponencial. Es algo preocupante.

He hablado con el cardenal Vivanco, el arzobispo de la arquidiócesis de Lima, para convencerlo de que use sus influencias y te saque de donde estás. Me ha dicho que poco puede hacer, a no ser que él te envíe una carta para hacerte cambiar de parecer. Le dije que no, que bastaba con las cartas que te estamos enviando. Ya no sé qué más hacer. El cardenal Vivanco era mi última esperanza para que vuelvas con nosotros. No conozco a ningún alto funcionario de Castellanos para, si pudiera (perdóname, Dios mío) sobornarlo y que te traigan de vuelta, así sea sedado o encadenado.

Lo único que hago desde que me enteré de tu viaje es rezar. Rezo todos los días, sola y con mi grupo de oración, que son una gran ayuda para poder seguir en pie y dar batalla contra el maligno. Porque el que tú estés en esa isla es culpa del maligno, aquel que quiso tentar a Cristo cuando estuvo en el desierto, aquel que envenenó el alma de Judas para que lo traicione, el mismo que hizo que el millonario Luis Enrique Castellanos pudiera construir ese complejo del mal, esa construcción maléfica, el mal encarnado. Mi religión católica no me permite odiar, pero si pudiera hacerlo, ese hombre estaría en lo alto de mi lista.

El otro día vi a Graciela en la iglesia. Había ido a misa de doce porque no pude hacerlo para la misa de siete, que es la que escucho siempre. Una vez que la misa terminó, salí de la iglesia y me acerqué a ella. La vi muy afectada. Me dijo que estaba rezando por ti. Me sorprendió pues no sabía que era católica. Le pregunté por qué te abandonó hace dos años. No me quiso responder, y más bien cuando le hice la pregunta, empezó a llorar. Me dio pena, a pesar de que le tuve mucha rabia por haber roto tu matrimonio con Rebeca. Es una mujer muy guapa, a pesar de los años que tiene, si me permites decirlo. Siempre tuviste buen gusto para las mujeres.

Hermano, quería compartir contigo un párrafo de la Biblia, el Salmo 23, versículo 4, que quizás logre cambiar tus ideas y te reconforte ante la gran confusión que reina en tu mente y en tu corazón: «Aun si voy por valles tenebrosos no temo peligro alguno porque tú estás a mi lado; tu vara de pastor me reconforta». Edmundo, recibe al Señor mientras estés a tiempo. Él sabrá protegerte y cuidar de ti, como cuida a sus hijos, como cuida a su rebaño. Aléjate del mal camino, acepta a nuestro Señor Jesucristo, que es la luz y la vida. Date una oportunidad, dale una chance a tu vida. Permite que tu familia disfrute de ti hasta que Dios te llame a su lado, sin forzar las cosas, sin adelantarte a los hechos. Lo que estás haciendo puede condenar tu alma inmortal a que se hunda en los abismos del infierno, donde no encontrará paz y sufrirá un dolor ilimitado e intolerable.

Querido hermano, una vez más te suplico que recapacites. Piensa en tus hijos, en tu nieto Felipe, en nosotros tus hermanos que te queremos tanto. Eres el más cerebral y pragmático de la familia. Usa tu inteligencia y pragmatismo para reflexionar y para que te des cuenta de que suicidarte no es la solución a tus problemas. La vida es maravillosa, no la desperdicies, no la tires por la borda, no seas egoísta y solo pienses en ti y en lo que hipotéticamente te pueda pasar cuando llegues a viejo. Nadie conoce su destino, solo Dios nuestro Señor todopoderoso y su madre la santísima Virgen María. Recapacita, hermano. No caigas en la tentación del camino ancho y fácil, lleno de excesos y pecados. Sabes que el camino angosto y difícil es el camino que nos llevará a estar a la vera del Señor, allá arriba, en su trono celestial.

Te amo, hermano. Espero que leas cuidadosamente estas líneas escritas a mano, a la antigua usanza y que sepas que te extrañamos y que queremos tenerte de vuelta con nosotros. Dios te bendiga.

Beatriz

10

Es mi tercer día en Castellanos. Acabo de subir a mi cuarto luego de tomar el desayuno. Sorpresivamente, no me topé con Casimiro Puente. No lo vi mientras estuve sentado en el comedor. Me he acostumbrado a verlo. Aunque al principio su presencia me molestaba, ya no me imagino un día sin una charla con él. Lo admiro. Es un hombre que sabe lo que quiere y está seguro de la decisión que ha tomado. Yo soy un mar de dudas y su presencia me ayuda a estar enfocado. Su sinceridad y la manera directa que tiene de hablar me descolocan. Él es un libro abierto, es de aquellas personas que no tienen pelos en la lengua y te dicen lo primero que les viene a la cabeza. Siempre me han sorprendido ese tipo de personas. Yo escondo mis sentimientos y digo lo que la gente quiere oír. He desarrollado, durante mi vida, un extraño talento para mimetizarme y adaptarme al ambiente que me rodea. En todos los lugares en donde he estado, en todas las reuniones en las que he participado, he caído bien. Siempre he dicho la palabra justa, el comentario pertinente, la frase simple que no molesta a nadie. Es por eso que todos me quieren, porque no los molesto con dichos inoportunos, porque mi nivel de hipocresía ha llegado a los límites más elevados y me he vuelto un lameculos profesional. Por ser como soy, gente como Casimiro Puente me desconcierta. A veces me gustaría ser como él y decir que la fiesta donde estoy me parece una reverenda mierda, que la comida en la casa de mis amigos es casi siempre insípida y que la mayoría de veces prefiero estar en casa que con mala compañía. No me malinterpreten. Hay momentos en que no tengo piedad de la gente, sobre todo cuando veo la estupidez de la que hacen gala, pero muchas veces he optado por callar para no malograrle el día a nadie.

A diferencia de mis dos primeros días aquí, donde no hubo actividades programadas, y donde nos dejaron hacer lo que queríamos, desde reposar en nuestros cuartos hasta caminar fuera del edificio, en los amplios jardines exteriores o en la piscina de aguas cristalinas; en el tercer día tenemos una agenda recargada. Por ejemplo hoy en la mañana tendremos un taller de yoga. Serán dos horas que nos ayudarán a no caer en la desesperación y el aburrimiento antes del último día. Nos enseñarán técnicas de relajación mediante el control de nuestra respiración y movimientos corporales que estimularán nuestros centros de energía. Luego tendremos dos horas para bañarnos y almorzar. En la tarde tendremos una charla sobre la eutanasia. Un representante de Castellanos nos mostrará los aspectos legales y éticos de nuestra decisión y, si alguien ha cambiado de idea, puede hacerlo y abandonar la isla. Claro, solo se reembolsará el veinticinco por ciento del monto pagado. Eso estaba escrito en el contrato que firmamos antes de venir, por supuesto, en letras pequeñas y a pie de página.

Aguardo que Mark venga a buscarme y pienso en la carta que me envió mi hermana Beatriz. Su carta apela al sentimentalismo hacia mis padres, a la educación que me dieron; hacia mis hijos que amo tanto; hacia la belleza de la vida en general. En algunas cosas tiene razón. Veo con una mezcla de orgullo y pena que su fanatismo ha crecido en estos últimos años. Con orgullo, por la devoción que tiene hacia sus creencias religiosas, pero a la vez con pena, porque ella cree en algo que yo no y eso crea una distancia muy grande entre los dos, un abismo casi insalvable. Soy agnóstico y no creo que haya algo después de la muerte. Para mí, Dios es un invento para que la gente se consuele cuando la muerte toca a sus puertas, un paliativo para que no tengan miedo cuando les llegue la parca. ¿Qué sería de la mitad de la población mundial si no existiera Dios? El mundo sería un caos. Pienso que las religiones son importantes porque tienen controlada a la masa, a la chusma no pensante que sin Dios se volvería muy peligrosa para el resto de nosotros. Hace unos treinta años Dios perdía terreno entre los habitantes del planeta Tierra. Y hubiera desaparecido de no ser porque descubrimos que había vida extraterrestre, vida inteligente más allá de nuestro sistema solar. Hasta ahora no hemos visto a esos seres, pero hemos recibido sus mensajes, diciendo que nos preparemos, que ellos aparecerán y a partir de ese momento nada volverá a ser como antes. Ese fue un punto de quiebre para mucha gente que, por miedo, retomó la religión. Ahora, la mayoría de la población mundial profesa un credo, al que considera una luz de esperanza que les permitirá soportar el impacto que resultará del contacto con una civilización desconocida. De eso ya treinta años. No hemos vuelto a recibir mensajes. La mayoría piensa que fue un engaño de los gobiernos para calmar a la población. Lo que es cierto es que la gente habla cada vez menos de eso, pero sin dejar de lado la religión. Los grandes ganadores de toda esta situación fueron las iglesias y sus congregaciones, que lograron tener miles de adeptos y millones de yuanes en sus cuentas bancarias.

Yo no sé por qué la gente hace tanto escándalo por aquellos que optan por morir sanos y con todas sus facultades mentales. ¿Cuál es el problema? ¿Por qué le tienen miedo a la muerte? ¿Quieren acaso vivir para siempre? Nada es para siempre. Yo creo que sesenta y cinco años es mucho tiempo y si uno los ha vivido plenamente y por fin quiere descansar, enhorabuena. ¿Por qué debemos aceptar que nuestro cuerpo se vuelva como un cascarón a la intemperie luego de haber eclosionado y dejado libre a su ocupante? Muchos dicen que soy un cobarde, un hombre que no quiere aceptar su destino. ¿Acaso ese no es un rasgo del ser humano? ¿Pelear contra el destino, si este destino nos es desfavorable?

Para muchos otros la muerte sigue siendo un tabú. Cuando alguien muere, hablan bajito, como si tuvieran miedo de ser escuchados, como si temieran que la muerte los oiga y los venga a buscar por hablar de ella. Es también por eso que Castellanos molesta a muchos, porque nos enrostra la muerte, la pone en primera plana para que todos la vean. Así como dicen que mejor no hablar de la mala suerte para no atraerla, así sucede con la muerte. Por paradójico que sea, ella es parte de nuestra vida, de nuestra existencia; y así como hablamos de la vida, que es maravillosa, hablemos también de la muerte y lo que ella trae, que es descanso a nuestros cuerpos fatigados y nos libera de la carne, que es finita y que aún no hemos logrado manipular para que sea eterna.

Entiendo también que muchas empresas están en estado de alerta desde que Castellanos comenzó a operar. Las residencias para ancianos temen quedar vacías. Las empresas farmacéuticas hacen lobbies en los parlamentos de todos los países del mundo para evitar la bancarrota. ¿Se imaginan cientos, miles, sino millones de personas viajando a la isla? Eso significaría millones de yuanes en pérdidas. Ya no habría clientes para los pañales contra la incontinencia, nadie compraría bastones, ni audífonos para la sordera, ni lentes bifocales, ni pastillas para el insomnio, ni píldoras para regular la presión arterial o la artritis. El gran negocio de la vejez se quedaría sin clientela. ¿Qué sería de los fabricantes de andadores? ¿Qué harían las empresas que producen suplementos para la memoria? ¿Acaso se dejarían de imprimir los libros repletos de juegos de Sudoku?

Cuando pienso en todo eso, dejo de lado mis dudas y me veo un hombre lleno de certezas. Hasta que pienso en mi familia, en mis hijos y en mi nieto Felipe. ¡Cuánto me gustaría tener la seguridad de Casimiro Puente! ¡Lo envidio hasta el punto que me dan ganas de abofetearlo!

En todas las cartas que he recibido, siempre mencionan si le tengo miedo a la vejez. Es una preocupación válida. La gente no quiere llegar a viejo porque, cuando eso pasa, lo apartan como si fuera un mueble inservible, que a pesar de que ocupa un espacio en la sala desde hace tiempo, es mirado con malos ojos hasta que es reemplazado por otro mueble, más bonito y nuevo.

Me dirijo al teléfono y marco el número del cuarto de Casimiro Puente. Me contesta y le pido que venga, que quiero hablar con él. Llega, toca la puerta y lo dejo pasar. Lo noto igual que siempre. Está vestido con un buzo de algodón, ya listo para la clase de yoga. Qué notará en mi rostro que me pregunta si estoy bien.

—Nada bien —le contesto y le cuento que recibí una carta de mi hermana Beatriz, le detallo los pormenores de la misiva y las ideas que andaban dando vueltas por mi cabeza hace algunos momentos.

—Lo mejor es que te vayas de Castellanos y tomes la decisión más tarde —aconseja Casimiro sin dejar de mirarme.

—No quiero irme —contesto, con una seguridad que hasta a mí mismo me sorprende.

—Bueno, entonces tienes dos días para cambiar de opinión.

—¿Crees en Dios, Casimiro? —pregunto de sopetón.

—Sí.

—¿Y lo que haces no va contra de ese Dios en el que crees?

—Antes de viajar le dije lo que iba a hacer.

—¿Hablaste con él? —inquiero sorprendido.

—Así es.

—¿Qué te dijo?

—Le hablé y no respondió. El que calla otorga.

Lo miro y veo que sonríe, y comprendo que me está jodiendo.

—Pensé que estábamos hablando en serio —protesto.

—Y lo estamos haciendo, Edmundo. Creo en Dios. Creo en algo o alguien que nos creó y nos puso en este mundo para que tratemos de ser felices, pero no creo en un Dios al que tengo que pedirle permiso para cada cosa que voy a hacer. Ese Dios, para mí, no existe.

—Qué conveniente tener ese Dios. Es un dios hecho a tu medida.

—Uno puede creer en lo que quiera en estos tiempos.

—¿Y crees que los extraterrestres vendrán? —pregunto con tono desafiante.

—Seguramente, pero no voy a estar aquí para comprobarlo.

En ese momento tocan y la voz de Mark resuena detrás de la puerta avisando que la clase de yoga va a comenzar.

—¿Vamos al yoga? —pregunta Casimiro Puente.

Asiento con la cabeza, con la seguridad de saber que no estoy seguro de nada y que los próximos dos días van a ser los más difíciles de mi vida.

11

Luis Enrique Castellanos Condori estaba atado de manos como consecuencia de la decisión del parlamento chileno de negarse a cambiar las leyes que regulaban la eutanasia dentro de su territorio. En la actualidad, Chile la permitía, pero con restricciones, muchas de las cuales colisionaban con lo que se quería hacer en la isla. Sin embargo, los dos complejos estaban listos para recibir a los potenciales clientes. La recién creada página web de la isla había colapsado los primeros días debido a la inmensa cantidad de gente que se conectó cuando se anunció, por todo lo alto, la apertura del complejo. No hubo necesidad de una campaña de marketing millonaria. La gente respondió multitudinariamente al llamado y en una semana la lista de espera se fue alargando hasta llegar a un tiempo de espera de un año antes de poder viajar a la isla.

A pesar del entusiasmo de la gente, Luis Enrique Castellanos Condori no podía recibir a ningún cliente. Los empleados ya contratados fueron licenciados temporalmente hasta nuevo aviso. Solo quedó un reducido equipo de personas para finiquitar los últimos detalles y dejar el lugar listo para funcionar. En el yate acostado a la isla, el millonario hispano-peruano observaba el complejo: las dos moles de cemento, cada una en forma de medialuna, que se erguían hasta casi tocar el cielo; el moderno aeropuerto que podría recibir hasta diez aeronaves a la vez; las aves que no podían acercarse sin recibir una descarga sonora de varios decibeles que las ahuyentaba del lugar. Sintió que su proyecto se venía abajo. En dos meses debía empezar a pagar los préstamos que habían servido para construir su sueño. Aquel que comenzó por su fracaso (así lo llamaba él) en encontrar una cura para la demencia senil que sufrió su madre antes de morir. Se preguntó, en la soledad de su cabina, si había estado enceguecido al querer cambiar el pensamiento de los líderes mundiales, de aquellos que deciden por millones de personas, los que hacen caso solo a sus creencias y valores particulares. Sabía que la gente común y corriente estaba de lado de su proyecto. Miles de inscripciones en la página web del complejo así lo demostraban. Siempre, a lo largo de su carrera como empresario, había sabido convencer a los mandamases del mundo a que apoyaran sus múltiples proyectos. Todo era más fácil cuando de por medio solo había dinero, el cual lo metían a sus bolsillos sin pensar en sus creencias y valores. El dinero era muy maleable, se adaptaba y podía evitar todo tipo de situaciones: éticas, morales, religiosas. El problema era cuando algo chocaba directamente con esos valores y creencias. Era en ese momento que todos se rasgaban las vestiduras y clamaban al cielo que castigue a los indignos pecadores. La hipocresía del mundo le daba asco.

Decidió dejar de lado lo que no podía controlar y se enfocó en sus otras empresas. Al año de paralizado el funcionamiento del complejo de la isla de Castellanos, el millonario hispano-peruano recibió la llamada del presidente de Chile, Lucio Caszely. Quería verlo de manera urgente. La llegada a Santiago fue de manera secreta. El viaje del aeropuerto Arturo Merino Benítez hacia un hotel en las afueras de la ciudad pasó completamente desapercibido, pues no había tenido comitiva oficial y su llegada fue ocultada a la prensa. Ya en el hotel fue conducido a la suite principal. En el interior estaba el presidente junto con el ministro de hacienda. Los dos hombres tenían cara de preocupación. Parecía que estaban muertos de fatiga y su manera de vestir lo corroboraba: mangas de camisa remangadas hasta los codos, corbatas desanudadas y cabellos alborotados. Fue el mismo presidente que le contó lo que pasaba. Chile había dejado de pagar sus deudas con los organismos internacionales. La caída de las exportaciones de cobre, su producto bandera, así como una contracción en la demanda interna, produjeron una severa falta de liquidez. La sugerencia del banco central había sido imprimir más billetes, lo que ocasionó que la moneda se devaluara y que la inflación aumentara considerablemente.

El pedido del presidente fue hecho directamente, sin medias tintas: necesitaba un préstamo, uno muy grande. Los bancos le habían cerrado las puertas y la consecuencia lógica era entrar en bancarrota. Eso no lo podía permitir. No podía defraudar a los chilenos que habían votado por él y le habían depositado su confianza. Asumía su responsabilidad en el mal manejo de las finanzas de su país. Luis Enrique Castellanos Condori preguntó el monto del préstamo. Era uno muy grande, con muchos ceros a la derecha. El presidente no quería recurrir a los organismos internacionales, pues la oposición podría aprovechar la situación para desestabilizar a su gobierno. También dejó en claro que estaba dispuesto a pagar intereses a una tasa razonable. Luego de hacer algunos cálculos en su cabeza (venta de empresas, de acciones de la bolsa), concluyó que podía ayudarlo. Con una condición, solo una: que Chile le cediera la propiedad de la isla Salas y Gómez. El presidente miró a su ministro y guardó silencio por unos momentos. Castellanos quería que le regalara un pedazo de Chile, ni más ni menos. Se acercó a su ministro y, luego de cuchichear, el presidente aceptó la propuesta del empresario.

Esa noche, en el avión que lo conducía a la isla, Luis Enrique Castellanos Condori paladeó su victoria. Ahora le pertenecía, ahora podía hacer lo que quisiera: poner sus propias reglas y protocolos. Fundaría su propio país y él gobernaría. Ya no necesitaba del permiso de ningún parlamento conservador para cumplir su objetivo: hacer que Castellanos fuera el único lugar del mundo donde se le permitiera a la gente morir cuando lo quisiera, sin ningún tipo de restricciones. Solo bastaría el diagnóstico de una enfermedad que, a futuro, llevaría al paciente a un estado de postración y vulnerabilidad irreversibles. Nadie más sufriría de las consecuencias de la vejez, nadie más dejaría este mundo sin sus facultades mentales y físicas. Todas las familias se despedirían de sus seres queridos con alegría. Se acabaría la tristeza. La muerte no sería vista como algo negativo, se convertiría en una celebración, en un momento de regocijo.

Miró por la ventana de la nave y vio, a lo lejos, negros nubarrones. De inmediato, pensó en los problemas que tendría al proclamar la independencia de Castellanos. Uno de ellos era que el nuevo país no tenía ejército. Se dijo que antes de firmar el préstamo con el gobierno chileno debía lograr la aceptación, por parte de este, de un tratado de no agresión. De esa manera, si Castellanos era atacado, Chile se portaría como defensor de su soberanía y entraría a la guerra. Sabía que la noticia levantaría mucho revuelo, primero en Chile porque los chilenos no aceptarían que el gobierno regale un pedazo de su territorio, por más alejado que este estuviera de sus costas y luego en el exterior.

Al mes de la reunión secreta, Luis Enrique Castellanos Condori firmó el acuerdo con el presidente Lucio Caszely. El tratado de no agresión formó parte del acuerdo. Los fondos fueron depositados al día siguiente, lo que sirvió para que Chile no se declarara en bancarrota. A los dos días, el gobierno chileno publicó el decreto que cedía la soberanía de la isla Salas y Gómez al empresario hispano-peruano. La primera reacción, como era de esperarse, provino de la gente de Chile. De inmediato salieron a las calles a gritar su rabia y frustración. La turba acusaba al gobierno chileno de vendepatria y pedía un golpe militar para derrocar al presidente y sus ministros. El ejército, afín al gobierno de turno, reprimió las protestas y se mantuvo firme en su decisión. Al mismo tiempo, el gobierno lanzó una campaña mediática para explicar sus acciones, incidiendo en el hecho de que, si no se cedía ese pequeño pedazo de tierra, las consecuencias podían ser más graves.

Los países extranjeros convocaron una reunión de urgencia en la Organización de las Naciones Unidas (ONU), con el fin de discutir la cesión de la isla Salas y Gómez a un particular, una situación que no se había visto nunca en los tiempos modernos. Todos los países firmaron un pedido donde se le exigía a Luis Enrique Castellanos Condori que diera explicaciones sobre lo que pensaba hacer con el complejo construido sobre la isla. Al corriente de las ideas extremas del millonario empresario sobre la muerte, querían más detalles del proyecto antes de poder actuar. El pedido no descartaba una intervención militar si los países miembros de la ONU se sentían amenazados de una u otra manera.

Dos meses después la respuesta no tardó en llegar. A través de un comunicado, Luis Enrique Castellanos Condori proclamó la fundación de Castellanos, como un país soberano regido bajo leyes propias sin ninguna injerencia externa. Líneas más abajo detallaba que el país se dedicaría, exclusivamente, a permitir a todas las personas con un diagnóstico de una enfermedad terminal o que afectara gravemente sus funciones físicas y cognitivas, a morir dignamente, sin coerciones ni ataduras. Una elección libre de prejuicios.

La respuesta de los países más poderosos no se hizo esperar. China y Rusia declararon la guerra a Castellanos y Chile como tercero en disputa y enviaron buques de guerra para rodear la isla. Canadá y Estados Unidos se mantuvieron al margen, pues su poder militar estaba mermado desde que China se volvió potencia económica mundial. Chile protestó ante la ONU, pero sus llamados a la calma fueron en vano. Castellanos, el recién nacido país que quería revolucionar el acceso a la muerte, estaba próximo a desaparecer, aun antes de haber empezado a dar sus primeros pasos.

12

Querido Edmundo:

Me enteré con estupefacción de tu viaje a Castellanos. Hasta ahora no puedo creer que estés allí. Sabía que eras valiente, pero no tan temerario. Parece que has confundido ambos términos. Beatriz me contó que te escribió antes que yo. Supongo que ya leíste su carta. Conociendo a nuestra hermana, su carta debe estar plagada de citas bíblicas y de ruegos por el amor a

Dios. Ten por seguro que no encontrarás en estas líneas algo así, pues ambos nos alejamos de la religión luego de terminar el colegio. Primero fui yo, pues los placeres de la vida me atrajeron irremediablemente y los amigos y las chicas tomaron su lugar. No me arrepiento de lo que hice. Tuve algunos problemas con las drogas como tú bien sabes. Pasé un año en rehabilitación. Les agradezco a Beatriz y ti, que siempre estuvieron allí para apoyarme. Por eso, no encontrarás aquí palabras de reproche y de prejuicios. Cada quién es libre de tomar las decisiones que quiera. Yo lo hice aun cuando sabía que les hacía daño a ustedes. Me siento identificado con lo que sientes y con la voluntad de estar en la isla sin importarte la opinión del resto. El tenor de mi carta es otro, espero que la leas hasta el final.

Siento el deseo de abrazarte, hermano, y de decirte lo mucho que te quiero, tomándote el rostro con mis manos. Como cuando éramos niños y nos teníamos el uno al otro. Los dos años de diferencia que nos llevamos no eran impedimento para salir juntos y tener amigos en común. Por eso sé cómo eres. Por eso sé que eres de aquellos que toman decisiones radicales, intempestivas, inexplicables para los que estamos cerca tuyo, menos para ti. A pesar de que eres menor que yo, siempre te he visto más maduro, más centrado, más frío cuando te decidías a hacer algo. Recuerdo aquella vez que nos pusimos de acuerdo con

105

Canito y Roberto para ir a la mansión Belmonte, esa casa en ruinas que estaba cerca al Olivar y que era usada como fumadero y refugio de indigentes. No estabas muy contento que digamos con la idea, pero igual fuiste con nosotros y fue gracias a tu vigilancia que no nos pasó nada. Llegamos después del mediodía y Canito, el más osado de todos, subió al segundo piso saltando de dos en dos los peldaños. Yo lo iba a seguir cuando me detuviste y me dijiste que la escalera estaba medio podrida. Esa fracción de segundo de indecisión fue aprovechada por Roberto, que siguió el mismo camino de Canito, y en el tercer paso que dio, el peldaño se hundió y se hizo una fea herida. Y luego lo que pasó con esos fumones, que nos atacaron con palos y piedras. Mientras nosotros nos divertíamos destruyendo los muros viejos y sucios, tú nos avisaste del peligro y huimos como pudimos.

Por eso, estoy convencido de que tu decisión ha sido bien pensada. Tú no dejas nada al azar. Lo que me desconcierta es que no les hayas dicho nada a tus hijos. Entiendo si no quieres que tus hermanos se enteren. No nos vemos muy seguido y tal vez esperabas que reaccionemos de una manera un poco exagerada. Pero Amelia y Miguel tenían el derecho de saber que ibas a Castellanos. Nadie más que ellos. A un hijo no se le abandona así. Por más que pienses que ya están grandes, que tienen una vida hecha, son tus hijos; esos niños que alguna vez criaste, que te desvelaste por ellos cuando estaban con fiebre o con tos y no podían ir al colegio. No niego que eso también lo hayas calculado. Creo que tu lado cerebral venció. Ese lado frío, medio robótico que a veces te gana y te hace actuar como una máquina bien aceitada. Tu carrera como contador lo demuestra. Dejaste huella al fundar tu estudio contable al lado de tu amigo Lalo Matsumoto y todos los que trabajaron contigo te recuerdan con mucho cariño.

Si me preguntas si en algún momento he pensado ir a Castellanos, la respuesta es un rotundo «no». ¿Sabes por qué? Porque la vida es lo más precioso que tenemos. Porque debemos beber de ella hasta el último segundo de nuestra existencia. Porque debemos «iluminar» a aquellos que nos rodean y dejar que ellos nos «iluminen» a nosotros. Somos seres de carne y hueso, pero también seres de luz, de energía, que se transfiere a través de nuestros ojos, de nuestros poros. Tu presencia en este mundo nos colma de esa energía y si se apagara tan pronto, ten por seguro que habrá consecuencias. Porque, cuando nos vamos antes de tiempo, el impacto es muy fuerte. Eso es lo que siento cuando pienso que en algunos días más ya no estarás con vida. Siento como si te hubiera ocurrido un accidente: que te fuiste muy pronto, dejando cosas inconclusas, proyectos inacabados, gente con el corazón roto.

Ahora que escribo estas líneas, sentado en una playa de la Costa Verde, veo el mar que se pierde en el horizonte y el sol, que poco a poco se hace más grande y se quiere ocultar a lo lejos, y me imagino que estás viendo ese mismo mar, ese mismo océano Pacífico que baña las costas de la isla de Castellanos, ese mismo sol de un color anaranjado mortecino que se apagará en unas horas y dejará en penumbras nuestro planeta. Ese sol me recuerda a ti, un ser luminoso y brillante, que desaparecerá en el poniente cuando reciba la inyección letal. Mis pies han tocado la fina arena de la playa y mis ojos se han deleitado con la vista de las aves marinas que recorren la orilla buscando algo que comer. Me hubiera gustado que estés aquí conmigo, acompañándome, sintiendo lo que yo siento, hablando de lo bello que es todo.

Me cuesta creer que la vida acaba a los sesenta y cinco años. Me cuesta creer que ya no tengas proyectos, planes, objetivos que cumplir. Yo tengo sesenta y siete y tengo mil planes por delante. ¿Te conté que estoy enamorado? ¿De una mujer de sesenta años? Nunca imaginé enamorarme a esta edad. Tal vez pensaba, como tú, que el tiempo haría que mi vida decline y me convertiría en un ente que esperaría la muerte como un náufrago espera una boya de salvataje. Es cierto que estoy feliz con lo que me está pasando, pero, así no tuviera pareja, seguiría amando la vida. Por otro lado, las enfermedades llegarán, si no ahora, en unos cuantos años.

Estoy preparado para enfrentarlas. Sé que tus hijos me ayudarán, ya que nunca tuve los míos propios. Sé que mi amada Sonia lo hará. Y estaré agradecido por tener a mi lado a gente que le importo y que hará lo imposible para que me sienta cuidado y protegido.

Hermano, no tengas miedo de quedar postrado más adelante. Sé que en tu mente quedaron grabados los últimos años de Rebeca. Estoy casi seguro que esa situación ha pesado grandemente en tu decisión de suicidarte legalmente. Ese no es el camino. Vive la vida, Edmundo. Sé feliz los años que te quedan en este mundo tan loco, pero a la vez tan maravilloso. Te hablo como tu hermano mayor. Ven, hermano. Cambia de idea. Te esperaré en esta misma playa, bajo este mismo sol, pisando esta misma arena. Y nos tomaremos una cerveza bien helada y hablaremos de nuestras aventuras, de cuando éramos unos chiquillos traviesos. Te espero.

Carlos

13

Luis Enrique Castellanos Condori estaba en su yate, acostado en el muelle de la isla, cuando vio llegar los buques de guerra con banderas de China y Rusia. De inmediato bajó de la nave y se refugió en uno de los edificios del complejo. Ordenó a sus guardaespaldas que se quedaran afuera y entró en una habitación reservada para él y se quedó estático mirando por la ventana. La ubicación del cuarto donde estaba le permitía ver, de manera panorámica, los movimientos que hacían los buques de guerra. Eran cuatro: dos chinos y dos rusos. Al final rodearon la pequeña isla y se detuvieron. El día estaba claro y las nubes blancas y brillantes no hacían más que presagiar buen tiempo y mejor temperatura. De improviso, su teléfono celular sonó. Tomó la llamada y escuchó al otro lado de la línea al secretario general de la ONU, el ghanés Samuel Yeboah, pedirle amablemente que cambiara de idea y que no convirtiera el complejo en un lugar de muerte. Le informó también que había logrado una tregua de tres meses con los países encabezados por China y Rusia para que no invadieran la isla en tanto se produjeran negociaciones al más alto nivel.

Luego de agradecer la llamada y colgar, Luis Enrique Castellanos Condori se sentó en la cama que ocupaba la tercera parte de la habitación y evaluó sus opciones. La primera era abandonar el proyecto y convertir la isla de Castellanos en un complejo turístico. La idea quedó descartada inmediatamente. Él no era de aquellos que abandonaban, que tiraban la toalla al ver un obstáculo, por más grande que este fuera. La segunda opción que se le vino a la mente fue hablar con los gobernantes de los países que habían votado en contra de la declaración de guerra y con los que se habían abstenido de votar, la mayoría europeos. De inmediato, llamó a los presidentes de España y Países Bajos, a quienes consideraba sus amigos, para saber si lo apoyarían en una eventual guerra. Ambos le dijeron que lo apoyaban y que estaban con él, pero no podían involucrarse en una guerra donde tenían todas las de perder. A lo mucho firmarían una carta de apoyo contra la invasión. Colgó y se dio cuenta de que nadie en su sano juicio le daría soporte militar. El apoyo era, pues, uno simbólico, como tantos otros que se hicieron antes de cualquier conflicto bélico mayor en la historia de la humanidad. Le quedaba la tercera y última opción: negociar. Consideró que esta era la mejor opción de todas, primero porque le daría tiempo para minimizar el impacto de un eventual cierre del complejo y segundo porque sabía, gracias a los años de experiencia que tenía negociando con países para implantar sus empresas, que nadie sabía lo que podía ocurrir en tres meses. Era bastante tiempo para predecir lo que iba a pasar.

Al día siguiente, Luis Enrique Castellanos Condori, voló en su jet privado a la ciudad de Washington DC, donde se encontraba el edificio de la ONU. Era el último año de la organización en ese edificio. Gracias al voto mayoritario del bloque de países que apoyaba a Rusia (China incluida), la ONU operaría en la ciudad de San Petersburgo, a orillas del Nevá. Se hospedó en un departamento de su propiedad ubicado en el 845 United Nations Plaza, en la ciudad de Nueva York, a unos cinco minutos a pie del edificio de la ONU. Este era un lujoso piso de tres habitaciones con tres baños completos y una cocina de chef con ventanas. Los pisos de las habitaciones eran de madera de maple y estaba circundado de ventanas del piso al techo con una envidiable vista a la ciudad, al río Hudson y al edificio de la ONU.

Allí, el empresario hispano-peruano estableció su cuartel general. Convocó con carácter de urgencia a los mejores estudios de abogados de la ciudad y empezó a armar su estrategia de negociación. El primer mes de negociaciones se desarrolló de manera lenta y engorrosa. Las conversaciones eran más que nada entre abogados de ambas partes, analizando el aspecto legal de la posición de ambos bandos y viendo de qué manera se podía llegar a un punto medio que beneficiara ambas propuestas. Luis Enrique Castellanos Condori recibía a sus abogados luego de cada reunión. En la lujosa suite, frente al edificio de la ONU, veía que las conversaciones se entrampaban. China y sus aliados no iban a dejar, de ninguna manera, que Castellanos existiera y menos que ofreciera el servicio para el que había sido creada.

Al segundo mes, las negociaciones entre los abogados se rompieron. Al ver que no se llegó a un punto común, Luis Enrique

Castellanos Condori decidió realizar una ronda de viajes a los países que se habían mantenido neutrales en la votación para aceptar la creación del nuevo país. Sabía que la mayoría de estos no tenían un gran peso dentro de la asamblea de las naciones unidas, pero pensaba que, si más países se ponían de su lado, tal vez la opinión pública convenciera a sus gobernantes para que tuvieran una nueva visión sobre Castellanos y su propósito en el mundo. Con el argumento de aliviar el sufrimiento de miles de personas frente al dolor causado por las enfermedades terminales y llevando como ejemplo el caso de su madre, Luis Enrique Castellanos Condori llegó a más de veinte países: los presidentes de España, Italia, Alemania y de la mayoría de países de Europa lo recibieron, a pesar de que no tenía el estatus de gobernante de una nación, como una deferencia por los prósperos negocios que tenía en ellos. La mayoría de países africanos, asiáticos y sudamericanos le negaron la visa para que pudiera viajar y los pocos que aceptaron, acreditaron a sus primeros ministros para las reuniones. Con pena, vio que el país natal de su madre, el Perú, no designó a ningún representante del gobierno para hablar con él. El periplo fue, a todas luces, infructuoso, pero todavía le quedaba un mes. Treinta días en donde podía pasar cualquier cosa que le permitiera llevar a cabo sus planes.

113

El tercer mes fue el más arduo de todos. Luis Enrique Castellanos Condori participó personalmente en las rondas de negociaciones que se llevaron a cabo, nuevamente, en el edificio de la ONU. A pesar de que el empresario ofrecía cada vez más concesiones en los negocios que tenía en esos países, poniendo en peligro incluso la rentabilidad de sus operaciones, el bloque chino y sus aliados no mostraba ningún ánimo de ser flexible. Cada noche llegaba al 845 United Nations Plaza cansado y abatido. Una vez que, junto con los abogados planeaba la estrategia para el día siguiente, se echaba en el sofá del gran salón y prendía la televisión. Su rostro siempre aparecía en los noticieros y en ellos se organizaban mesas de debate sobre el proyecto Castellanos. Sus detractores y defensores se enfrascaban en largas, acaloradas e inútiles conversaciones, que no pocas veces terminaban en insultos y, en los casos más extremos, en golpes. Luis Enrique Castellanos Condori decidía, entonces, poner un documental de la *National Geographic*. Había en esos documentales algo que lo apaciguaba y calmaba. Ver cómo funcionaba el universo o cómo se comportaban los animales de la naturaleza lo ponía de buen ánimo. Allí no había debates morales sobre lo bueno y lo malo. Allí no existía la ética para proteger al más débil del abuso del más fuerte. Allí, la muerte tenía igual importancia que la vida. Tanto el que moría como el que vivía era igual de valioso. El que moría le daba vida al que vivía y el que vivía permitía vivir a otras especies que dependían de él y que a su vez mataban para vivir. ¿No era esta simpleza la que convertía toda esta estructura en algo igual de maravilloso? ¿Acaso un agujero negro no absorbe la energía que está a su alrededor sin importarle nada? ¿Debemos sentir pena por el ciervo que es asesinado a dentelladas por la leona, madre de una camada de leoncillos hambrientos? ¿O por el viejo chimpancé que es expulsado de la tribu porque ya no aporta nada para el grupo? En la naturaleza el que tiene que morir, muere, sin explicaciones, sin dilemas, sin preguntas. ¿Por qué el ser humano pone tantas trabas para morir dignamente? ¿Por qué por una mal entendida moral debemos dejar a nuestros ancianos y a nuestros enfermos sufrir dolores indescriptibles cuando ya no hay perspectiva de una existencia digna?

Luego de que todos estos pensamientos cruzaban su mente, Luis Enrique Castellanos Condori caía en un sueño profundo, para al día siguiente, participar nuevamente en las negociaciones, con buen ánimo y una energía renovada. Los días pasaron y las noches se sucedieron, sin atisbo de llegar a un acuerdo. A los dos días que se cumplieran los tres meses de tregua propuestos por el secretario general de la ONU, el empresario se encontraba conversando con su esposa, Susana Barrientos, por videollamada, cuando un mensaje de texto entró a su celular. El embajador chino en Nueva York lo citaba en un edificio cerca de allí. Besó a su esposa a la distancia y fue al lugar señalado. En la entrada del edificio lo esperaba un auto negro sin matrícula diplomática. Bajó del auto y una mano salió por la ventana del auto negro y le hizo señales para que se acercara. Al hacerlo vio a un hombre, que llevaba una gabardina del mismo color del auto, que se apeaba y se ponía frente a él. Era ni más ni menos que el embajador chino, aquel hombre que, bajo instrucciones de su gobierno, se oponía a todas las ideas y sugerencias lanzadas durante las reuniones para lograr que Castellanos fuera aceptado como país. Le dijo que el presidente Hun Kiang quería verlo, pero que debían reunirse en la isla de Castellanos. El presidente estaba en camino y que había un avión listo para llevarlo. Aceptó sin titubear.

Llegó en cinco horas a la isla. En la segunda pista de aterrizaje se encontraba otro avión, ya estacionado y con las luces apagadas. Se sorprendió al verlo, pues no tenía ningún distintivo que anunciara que pertenecía al gobierno chino. Bajó del avión y fue conducido al edificio donde había quedado un contingente de empleados para ocuparse del mantenimiento del complejo a la espera de los resultados de las negociaciones donde se decidía el futuro del proyecto. En la entrada, la jefa de operaciones del complejo le indicó que lo esperaban en una de las salas donde se realizaba el procedimiento final. Al llegar allí vio al presidente chino, Hun Kiang, al lado de una cama de hospital donde yacía una persona anciana conectada a un par de máquinas que emitían un pitido agudo de manera intermitente. El presidente chino se le acercó y le agradeció por haber aceptado la reunión con tan poco tiempo de preparación. Acto seguido, señaló la camilla y le dijo que quien estaba allí tendido era su padre. Tenía cáncer de hígado y estaba en la etapa final de la enfermedad, pero, por algún motivo desconocido, su padre no fallecía. Ningún doctor se lo explicaba y los medicamentos contra el dolor ya casi no surtían efecto. El padre del presidente Hun Kiang estaba sufriendo una dolorosa agonía. El presidente chino le pidió, con lágrimas en los ojos, que termine con el sufrimiento de su padre.

Luis Enrique Castellanos Condori supo, en ese momento, que sus predicciones no habían fallado. Se dio cuenta de que su paciencia, una vez más, había rendido frutos. Pero sabía también que una respuesta apresurada al pedido del presidente Hun Kiang podía echar todo por la borda. Pensó en todas las implicancias legales que esto acarrearía. Se dijo que debía tener todas las garantías en caso aceptara el pedido formulado por no solamente un hijo desesperado por la situación de su padre, sino por una de las personas más poderosas del planeta. Dijo, al fin, que aceptaría el pedido, con la condición de que el gobierno chino lo apoyara en su demanda de convertir a la isla en un país miembro de la

ONU. El presidente chino aceptó. Preguntó algo más: ¿Por qué meterse en este problema con Castellanos cuando cualquier doctor de confianza hubiera hecho lo mismo por él, sin reparos y solo con una orden salida de sus labios? El presidente chino dijo que su padre, antes de que perdiera el conocimiento, había pedido expresamente que su muerte se llevara a cabo en Castellanos, pues pensaba que su acto podía beneficiar a otras personas que, como él, estaban atrapados en un cuerpo inútil e inservible.

Profundamente conmovido, Luis Enrique Castellanos Condori selló el acuerdo con un fuerte apretón de manos. Salió del cuarto y pidió a su jefa de operaciones que empezara el procedimiento. La muerte del padre del presidente chino se pronunció el ocho de agosto de dos mil cincuenta y cuatro, a las dos y tres de la mañana, en presencia de él y su familia. Sus restos fueron incinerados en uno de los quince hornos que poseía el complejo y entregado a la familia en una urna de mármol. Todo el procedimiento fue hecho de la manera más aséptica y profesional, cosa que complació al presidente chino y su comitiva. A los dos días, los diarios publicaron sendos reportajes donde daban cuenta del acuerdo para crear el país Castellanos. Una semana después, la asamblea general de la ONU proclamaba la adhesión de Castellanos como miembro activo y en toda regla.

A partir de ese día, Castellanos empezó a funcionar a pleno régimen. Los dos edificios del complejo empezaron a recibir los primeros solicitantes. Inicialmente, solo se aceptaban a las personas con síntomas de enfermedades terminales. Seis meses después, y con el beneplácito del gobierno chino, su principal aliado, Luis Enrique Castellanos Condori amplió el criterio para ir a Castellanos. También se aceptaría a aquellos que tuvieran un diagnóstico de una enfermedad dolorosa y terminal, aun cuando no tuvieran ningún síntoma evidente y a aquellos mayores de sesenta y cinco años sin requisito alguno. El debate moral y ético se abrió nuevamente, y detractores y defensores de ambas posiciones se enfrentaron nuevamente. A pesar de eso, Castellanos siguió funcionando, convirtiéndose en un modelo de negocios rentable y eficiente y en una alternativa real para muchas personas que antes no tenían esperanza de ver cuándo acabaría su sufrimiento o que simplemente se habían cansado de vivir y estimaban que su ciclo en la tierra había terminado. El sueño del empresario hispano-peruano Luis Enrique Castellanos Condori se había cumplido luego de seis años de duro trabajo y esfuerzo. Un sueño que empezó con el objetivo de curar a su madre y que se convirtió en un proyecto que revolucionó a la sociedad tal y cual la conocemos.

14

Cuarto día. No puedo creer cómo el tiempo pasa volando en este sitio. Falta un día para que entre en la lista de los que partirán sin vuelta atrás. Mientras más se acerca el día final, más miedo tengo. Esta mañana, por ejemplo, me desperté sobresaltado, luego de una noche donde fui incapaz de conciliar dos horas seguidas de sueño y cada vez me era difícil respirar. Tenían razón los instructores del curso de yoga que se impartió el día de ayer. Para la mayoría, mientras más próximo el día, los sentimientos eran más duros de manejar. Me encontré haciendo los ejercicios de respiración que habíamos practicado y que evitaron que cayera en un ataque de pánico y desesperación que me hubieran llevado a tirarme por la ventana de mi habitación o, en un caso menos extremo, de llamar a Mark y pedirle que viniera a ayudarme.

Recuerdo que durante el curso de yoga pregunté por qué Castellanos no instalaba barrotes de metal en las ventanas para así evitar situaciones indeseadas. Me contestaron que en la isla lo único que no está prohibido es la muerte. Me aclararon, para que no lo malinterpretara, que el complejo no era un lugar donde estaba permitido que la gente se matara como quisiera. Para eso estaban las actividades programadas de yoga y taichí, este último que se dictaría en el cuarto día. Según Castellanos, gracias a estos cursos intensivos se había reducido la tasa de suicidios: de un veinte por ciento en el primer año de funcionamiento a solo cuatro por ciento en el último año.

Me encuentro desayunando, solo, en una de las mesas del vasto comedor de Castellanos, luego de tomar una ducha y ser acompañado por Mark hasta encontrar un lugar hace unos momentos. Según las reglas del complejo, no se está permitido hacerles preguntas personales a nuestros asistentes. El trato es cordial, pero distante; amable, pero impersonal; comprometido, pero frío. Una vez, en el segundo día, estuve tentado de hablar con Mark y preguntarle qué pensaba de la gente que ocupaba la isla durante cinco días. No me atreví. Mark es un chico joven de unos veinticuatro años, de mirada vivaz y curiosa. Sabía que chicos como Mark eran seleccionados bajo estrictos controles y que los criterios que debían reunir eran cubiertos por unos cuantos. Se habla de que el salario del *staff* de Castellanos es elevado hasta el insulto, aunque las cifras oficiales nunca se han hecho públicas.

Tampoco he visto, desde que llegué, al muchacho de unos treinta años de mirada triste que estaba sentado en el avión junto a mí. ¿Habrá cambiado de opinión? ¿O, simplemente, no coincidimos en el comedor por una cuestión de horarios? Me pregunto que lo habría llevado a tomar la decisión de terminar sus días en la isla. ¿Una enfermedad? ¿Una desilusión amorosa? Sé que Castellanos no permite a las personas de menos de sesenta y cinco años el venir a suicidarse sin motivo alguno, pero es bien sabido que hay una mafia que se dedica a falsificar certificados médicos para entrar en la isla.

La orden que pedí llegó a mi mesa mientras pensaba en Mark y en mi hijo Miguel y en cómo hubiera reaccionado si este hubiese postulado para trabajar en el complejo. Probé los huevos revueltos con tocino. El sabor de la comida me hizo olvidar un rato de la nostalgia que sentía por no estar con mis hijos y nieto. Castellanos se esmeraba en que la estadía de sus ocupantes fuera única y una prueba era que el desayuno estaba muy bien hecho, sin escatimar costos a la hora de ofrecer un menú hecho a base de alimentos frescos y de buena calidad. Se decía que el principal proveedor de alimentos de la isla era China, aunque un gran porcentaje venía de todas partes del mundo para, obviamente, satisfacer el apetito de una clientela culturalmente diversa.

Luego del segundo bocado, siento otra vez la necesidad de pensar en mi familia, lo que fue evitado gracias a la llegada salvadora y oportuna de Casimiro Puente.

—¿Llego en buena hora? —pregunta Casimiro con una sonrisa en los labios.

—¡Qué bueno que llegaste, Casimiro! —exclamo sin ocultar la alegría que siento al ver a mi añorado amigo.

—¡Carajo! —ríe Casimiro sorprendido—. ¡Es la primera vez, desde que nos conocemos, que siento que de verdad te alegra verme!

—Me salvaste el día, amigo —digo—. No quería comer solo.

—Yo tampoco —retruca a su vez Casimiro Puente—. Por eso te busqué. Es una suerte que te sientes donde casi siempre lo haces. Si no, la búsqueda hubiera sido más larga.

—Puede ser —añado mirando el enorme comedor que se empezaba a llenar de gente a esa hora de la mañana—, pero sabes bien que nos pueden ubicar mediante esta cosa —y señalo el chip subcutáneo que nos instalaron debajo del brazo ni bien llegamos.

—Eso no me gustó mucho —opina Casimiro—. Eso de marcarnos como animales no es de mi agrado, aunque comprendo por qué lo hacen.

—Eso es lo que menos me preocupa en estos momentos —digo y tomo un sorbo de jugo de manzana.

—¿Te siguen atormentando las dudas?

—Ayer no pude dormir muy bien.

—¿Hiciste los ejercicios que nos enseñaron en el yoga?

—¿Por qué crees que todavía sigo vivo?

—Edmundo —dice Casimiro Puente suavizando la voz—, no sé qué más decirte. Has rechazado todos mis consejos. No sé qué más hacer. ¿Cómo te puedo ayudar?

—Escuchándome, creo.

—Soy todo oídos.

—Recibí la carta de mi hermano mayor ayer.

—Me imagino que leíste otra recatafila de lamentos y pedidos para que cambies de idea.

—¿No has recibido cartas de tu familia, amigos? —pregunto curioso.

—Dejé las cosas bien en claro cuando me fui, a diferencia de ti.

—Me hubiera valido más hablar antes de venir. Cada carta que recibo es un sufrimiento adicional que me hace cuestionarme de todo lo que he hecho hasta ahora.

—Nadie te obliga a abrirlas y leerlas.

—Me siento obligado. Tengo curiosidad por saber qué me dicen y cómo lo dicen.

—Es por eso que Castellanos pedía hablar con la familia y amigos antes de embarcarte hasta aquí. Nada está dejado al azar en este sitio. Todo tiene un por qué. Por eso, me gusta este lugar. Es un modelo de negocios a seguir.

—Es cierto —le doy la razón a Casimiro Puente—. Castellanos se ha vuelto una máquina de matar eficaz y eficiente.

—Y que hace millones al año —dice Casimiro, sacando a relucir su interés en todo emprendimiento que hiciera dinero—. Ese Luis Enrique Castellanos Condori es un chucha de aquellos.

—Cuando uno nace con un don, es lo que es.

—¿Te imaginas cuánto ganarán sus contadores? —pregunta Casimiro Puente imaginándose un monto con varios ceros.

Me muevo inquieto. No quiero entrar en ese tema sabiendo lo que piensa mi interlocutor sobre mí y mis colegas de profesión.

—Te hablaba de las cartas —digo cambiando de tema abruptamente.

—¿Y qué te dijo tu hermano?

—Lo que todos me dicen, pero con diferentes palabras y de otra manera, según cómo cada uno de ellos percibe la vida: mi hija Amelia, apelando a sus maneras de niña engreída; mi hijo Miguel demostrando que es un hombre de verdad a pesar de su homosexualidad; mi hermana Beatriz portando el estandarte de la religión y amenazando con un castigo de fuego y sufrimiento eterno; mi hermano Carlos, el hombre más divertido que he conocido, diciéndome lo bella que es la vida. Nunca me había sentido tan querido.

—Te envidio, Edmundo —interviene Casimiro Puente—. Ya me hubiera gustado estar en tu posición.

—¿Hubieras cambiado de opinión si estuvieras en mi lugar? —pregunto mirándolo fijamente, con la esperanza de encontrar una luz que me revele el camino a seguir.

—Es improbable que yo hubiera recibido esas muestras de cariño. Viví para mis negocios y mis hijos y mi familia quedaron siempre relegados. Fui un padre ausente. Antepuse el dinero por sobre todas las otras cosas. Pero que quede bien claro lo que te voy a decir: no me arrepiento ni un segundo de todas las decisiones que tomé. Asumo las consecuencias. Al menos mañana, mis hijos serán millonarios. Les dejé lo único que les podía dar.

—Al menos no estarás ausente para ellos luego de haberte ido —digo convencido—, pues sabrán de dónde viene el dinero que les tocará a cada uno.

—Posiblemente —replica Casimiro y agarra un pedazo de tocino con la mano y se lo lleva a la boca.

—¿Y sigues pensando en que todos los contadores son unos pillos? —pregunto sabiendo que me metía a sitios peligrosos.

—Lamentablemente para ti, sí, Edmundo —contesta Casimiro—. La mayoría, al menos.

—No todos son así, tampoco exageres.

—Espero que tú no hayas sido así.

Callo por un momento, como si Casimiro hubiera dicho algo prohibido. Lo miro a los ojos y me doy cuenta que él lo ha notado.

—Nadie sabe lo de nadie —atino a decir.

—Eso es muy cierto —dice Casimiro con un aire de duda.

—¿Listo para el taichí? —pregunto.

—Por supuesto —dice Casimiro Puente con una amplia sonrisa en el rostro

15

Hola, Edmundo.

Me imagino que esta carta debe ser una sorpresa para ti. ¿Pensaste acaso que yo no me enteraría adónde ibas? ¿Pensaste por una milésima de segundo que no sabría dónde encontrarte? ¿Qué tu huida (sí, tu huida) pasaría desapercibida y que nadie sabría de tu paradero en cinco días? Porque para eso te fuiste a Castellanos, ¿no? Para que no tuvieras que enterarte de la tormenta que provocaste y que se avecina irremediablemente. ¿Pensaste que el escándalo explotaría después de cinco días? ¿No conoces a tu socio y amigo, luego de todos estos años de trabajar juntos? ¿No conoces al Lalo Matsumoto del colegio, de la universidad y luego de nuestro estudio contable, emprendimiento que empezamos cuando éramos unos jóvenes soñadores?

Recuerdo cuando abrimos la oficina. Tú en ese entonces estabas recién casado con Rebeca y yo acababa de conocer a Esmeralda. Lo recuerdo como si fuera ayer. Empezamos desde abajo. Trabajábamos hasta la madrugada, trazando planes y viendo la manera de conseguir más clientes, pero admito que fuiste tú el que consiguió a las empresas más grandes. Gracias a ti, el Estudio Contable Cabellos-Matsumoto se convirtió en un próspero negocio, una referencia para los contadores de esa época. Todos los recién egresados de las facultades de contabilidad de las universidades peruanas querían ser parte del estudio y fue así que pudimos conseguir buenos prospectos que contribuyeron con el crecimiento de la empresa. Recuerdo que siempre iba de buen humor a trabajar. ¿Cuándo fue que cambió eso? Más adelante me explayaré.

Como te decía, entiendo por qué volaste a Castellanos sin decir nada a nadie. Me sorprendió que dejaras en la oscuridad total sobre tus intenciones a tus propios hijos. Eso no se hace, aunque eso demuestra tu cobardía, que va a la par con tu inteligencia. Porque sabías lo que significaba ir a Castellanos. El ir a un país con reglas propias, pero sobre todo con lo que buscaste al final: impunidad. Porque sabes que Castellanos no deporta a sus clientes, aun sabiendo que han cometido delitos. Pareciera ser que la muerte lo justifica todo, incluso el mal proceder de ciertas personas.

Pero no todas las noticias que tengo para ti son buenas. Hoy en la noche se emitirá, en la televisión peruana, un reportaje que hablará sobre todo lo que no quisiste que se conociera mientras estabas entre nosotros. Esta noche tu careta de buen contador, modelo de padre y buen profesional caerá y te dejará al descubierto tal cual eres: un vulgar y simple ladrón. Soy una de tus víctimas, porque nuestro estudio cerrará indefectiblemente luego del reportaje. Me engañaste a mí y a todos. El escándalo es mayúsculo y no me sorprendería el acabar preso, pues mi firma está en las transferencias de dinero que hacías a tus cuentas bancarias para vivir una vida de lujos con dinero mal habido.

Es por eso que me sorprende el coraje que tienes. Prefieres matarte antes de admitir delante de la justicia lo que has hecho. Seguramente te avergüenza que tu familia y tus hijos vean que eres un simple delincuente de saco y corbata. Un tipo que pensó que se saldría con la suya y que no pagaría sus culpas. ¿Cuándo fue que cambiaste? ¿Cuándo te entró la idea en la cabeza de aprovecharte de los que confiaron en ti? ¿Qué fue lo que hizo de ti el estafador que eres ahora? Lo único que me consuela es que todas tus mañas se conocerán esta noche. De esta no te salva nadie. Fallaste si pensaste que tus acciones quedarían impunes. Tu orgullo y tu nombre serán enlodados con el fango de la ignominia. Y tú lo verás en vivo y en directo. Sabrás qué se siente pasar vergüenza frente a todos, pero sobre todo frente a tu familia: Amelia, Miguel y tu nieto Felipe. Gracias a ti, ellos serán los que recibirán los improperios y el rechazo de la gente, los que serán llamados por las autoridades para que declaren sobre tu dinero mal habido. Solo tú y tus acciones han logrado eso.

Para tu información, el reportaje se emite a las diez de la noche, hora de Lima, por el canal Cinco. Míralo. Te lo recomiendo. Nada mejor que te enrostren tus malas acciones. Yo estaré mirando también. Luego, quién sabe lo que haré. Tal vez tome la pistola que tengo guardada bajo llave en mi mesa de noche. Tal vez la ponga delante de mí, con la cacerina llena de balas. Luego de terminado el reportaje decidiré qué hacer. Si te enteras de mi suicidio sabrás por qué lo hice. Hasta nunca.

Lalo

16

Son las ocho de la noche de este quinto día de mi estadía en la isla de Castellanos. Estoy en la última etapa de los preparativos para morir legalmente: acostado en la camilla de un cuarto blanco y aséptico, vestido únicamente con una bata blanca, esperando que un médico y un enfermero traigan la inyección letal, que me hará desaparecer de esta realidad y, de paso, olvidar todas mis preocupaciones. Estoy atado a la camilla a petición mía. No quiero que, a última hora, en un acto desesperado de supervivencia animal, me resista y cambie de idea. He puesto por escrito que me apliquen la inyección aun cuando ruegue y suplique que no lo hagan. Me conozco y puedo actuar de esa manera. Mi suerte está echada.

Mientras espero, siento una mezcla de emociones: calma, ansiedad, desazón, asco y miedo. Calma, porque sé que todo acabará en unos cuantos minutos; ansiedad, porque nunca me he sentido cómodo esperando una decisión importante en mi vida; desazón por lo que tuve que vivir ayer en la noche frente a la pantalla de la televisión; asco y miedo, al reconocer que fui una mala persona y un peor padre.

Ayer, delante de la tele, pasé la peor noche de mi vida. Durante media hora desfilaron delante de mí todos aquellos que fueron estafados por mis acciones de los últimos cinco años. Todos. Desde mi socio Lalo Matsumoto, hasta mi secretaria, pasando por los empleados de más antigüedad del estudio, a quienes conozco muy bien. Cada palabra que salía de sus bocas, cada lágrima que recorría sus mejillas, eran un golpe que hundía profundamente la daga emocional clavada en mi corazón. La

131

verdad salió a la luz. Sabía que la verdad se conocería, pero no quería ver cuando se hiciera pública. Ahora ustedes ya saben el motivo de mi estadía en Castellanos. No tengo miedo de llegar a la vejez como mi familia cree. Todo lo inventé para no probar el trago amargo que bebí ayer en la noche. Ahora es tarde. Todo se sabe. Mi familia y amigos saben quién es realmente Edmundo Cabellos y eso es algo que me duele en el alma.

Esta mañana el sol me encontró despierto, sentado sobre mi cama tendida. No había pegado un ojo durante toda la noche. Negros pensamientos inundaron mi mente y poco faltó para que saltara por la ventana y terminara con mi miserable existencia. ¿Qué fue lo que me detuvo? Quizá una cierta curiosidad acerca de la reacción de la gente, al día siguiente del reportaje; quizá un cierto masoquismo, que supliera la ausencia de un castigo real. De inmediato pensé en Casimiro. ¿Cómo habría sido su reacción? ¿Me insultaría y agarraría a golpes cuando me viera y confirmaría que todos los contadores son falsos y estafadores?

Me levanté de la cama, cogí el teléfono para marcar el número de Casimiro, pero me di con la ingrata sorpresa de que no había línea. Confuso, me dirigí a la puerta y quise abrirla, pero estaba cerrada por fuera, con llave. Al instante escuché la voz de Mark:

—Señor Cabellos —dijo Mark—, no se preocupe. Hemos tenido que aislarlo por su seguridad. Aquí estoy yo y un agente de seguridad para cuidarlo hasta que termine su estadía con nosotros.

—¿Y eso por qué? —pregunté incrédulo.

—Alguien quiso entrar a su cuarto ayer en la noche con un objeto contundente con la finalidad de agredirlo. Felizmente lo impedimos y no pasó a mayores.

—¿Saben quién es?

—Su nombre es Casimiro Puente.

Me quedé pensativo. Casimiro. No me sorprendí.

—¿Por qué no funciona mi teléfono? —pregunté nuevamente detrás de la puerta.

—La dirección de Castellanos ha decidido aislarlo completamente del resto de visitantes. Durante el día le traeremos sus alimentos y lo que necesite.

Una luz roja se enciende en el cuarto mientras sigo esperando que venga la muerte contenida en una jeringa. Eso no me impide seguir pensando en lo que pasó durante el día. Soy sincero cuando digo que no me imaginé la reacción exagerada de Casimiro, mi amigo gordito y bonachón. Me hubiera gustado despedirme de él, estrecharle la mano, darle un abrazo y agradecerle por la forma cómo me ayudó en estos últimos días.

Comprendo en parte su forma de actuar. Debo admitir que lo que supo ayer en la noche reforzó su aversión por los contadores y quiso tomar justicia por sus propias manos. No lo culpo. Más bien lo admiro, porque supo ser, hasta el último día, el Casimiro que yo conocí.

En cambio, yo fui una persona durante sesenta años y otra muy distinta durante estos últimos cinco. ¿Qué cambió cuando cumplí sesenta años? ¿Qué me hizo hacer lo que hice, como se pregunta Lalo en su carta, mi querido socio y mejor amigo? ¿Qué me hizo tirar al barro mi nombre y el nombre de mi familia? Mis amistades me advertían que tuviera cuidado con la crisis de los cuarenta. Aquel periodo donde, supuestamente, el hombre se cuestiona sobre lo que fue su vida y actúa, a veces, de manera insensata y poco reflexiva. Tal vez fue eso lo que me ocurrió, pero veinte años más tarde. Y es que fue cuando cumplí sesenta años que Rebeca falleció luego de un largo sufrimiento. Ese suceso me hizo poner los pies sobre la tierra y reevaluar mi vida desde otra perspectiva: la de aquel que está solo en este mundo y tiene que comenzar una nueva etapa. Posiblemente, fue eso lo que activó en mí deseos que tuve cuando era joven y que los reprimí con mucho trabajo. El reportaje tiene razón cuando dice que robé. Sí, lo hice. Pero no lo hice porque necesitara dinero o, como dice Lalo en su carta, para darme una vida de lujos y excesos. Lo hice porque pude hacerlo. Fue el querer sentir la adrenalina que se libera dentro de tu cuerpo cuando estás alerta o, como en mi caso, cuando haces algo ilegal o prohibido. Fui un hombre recto y cumplidor de las reglas durante los sesenta años mencionados. Creo que estaba cansado de eso. Quise experimentar, convertirme en alguien al margen de la ley. Lo experimenté y no pude salir de esa vorágine que terminó conmigo en una camilla esperando la muerte y con mi familia y amigos llorando sobre el legado heredado. Me volví un adicto al sentimiento que uno tiene cuando hace algo que sabe que está mal, pero igual lo hace. Fui un niño con un arma letal en las manos. El problema fue que no supe cuándo detenerme.

Siento frío en las piernas. Parece que hubieran prendido el aire acondicionado. Tengo las manos entumecidas producto de la inmovilización de mi cuerpo y cuando las muevo las correas raspan mis muñecas, produciendo un escozor que se disipa a los pocos segundos. Miro al techo y noto que no tiene manchas y que es de un blanco tan brillante que me duelen los ojos. Pienso en mi amigo Lalo Matsumoto. Me pregunto si se habrá pegado un tiro como dejó entrever en su carta. Mientras me encontraba aislado en mi habitación no llegó ninguna noticia del exterior. Castellanos se tomó muy en serio mi encierro y, sobre todo, mi seguridad. Las horas pasaron lentas del mismo modo que se mueven las manecillas de un reloj mientras uno mantiene fija su mirada en ellas, sin pestañear. Durante ese tiempo, vi mi rostro en todos los canales peruanos. Nunca creí que mi persona fuera tan importante para el resto de la gente. Tal vez porque se hablaba de que la estafa realizada fue la peor en toda la historia moderna peruana. Se hablaba de diez mil personas estafadas, así como la agencia recaudadora de impuestos y unas quinientas empresas, entre grandes y medianas. Me veía en la cúspide de un organigrama criminal de unas diez personas, todas trabajadoras de mi estudio contable, siendo la mano derecha mi amigo Lalo. Lo cierto es que no tuve ayuda de nadie. Al menos, no a sabiendas de que lo que hacían era ilegal. Mis trabajadores firmaron lo que les pedí, en una muestra de absoluta y ciega confianza. Eso es de lo único que se les puede culpar. De nada más. Soy el único responsable de mi desgracia y de la suya, evidentemente.

La luz roja que se prendió hace instantes cambió a verde de un momento a otro. El aire acondicionado se siente más fuerte. Se acerca mi final. En estos momentos, no puedo dejar de pensar en mis hijos Amelia y Miguel; en mis hermanos Beatriz y Carlos; en mi nieto Felipe; en Graciela, la mujer por la que abandoné a mi familia y que estuvo a mi lado hasta que se enteró de mis fechorías. Lamento lo que pasó, más por ellos que por mí. Lo lamento, pero no me arrepiento de lo que hice, aunque suene paradójico. Si hubiera pasado por una evaluación psicológica antes del procedimiento en la isla, el resultado hubiera mostrado, tal vez, que tengo una personalidad psicopática, alguien carente de emociones que no le preocupa el bienestar del resto y que está privado de moral y valores éticos: en suma, alguien indeseable para la humanidad que no merece una segunda oportunidad. Lo único que puedo decirle a mi familia es que me disculpen de corazón, al menos eso es lo que he escrito en la carta que recibirán luego de mi muerte. Que me disculpen y que los amo con toda mi alma.

La puerta de la habitación, por fin, se abre y dos personas vestidas con trajes blancos entran a paso lento. Una de ellas lleva en las manos una bandeja con una jeringa. Se detienen al costado de la camilla y el que no lleva nada en las manos la toma, la levanta y presiona el émbolo para que salga un poco de líquido por la punta de la aguja. Me muevo inquieto y pido, por favor, que me liberen, que cambié de opinión. El hombre con la jeringa no se inmuta y clava la aguja en la vena de mi brazo derecho. Lo hecho, hecho está. He recibido el servicio por el cual he desembolsado una buena cantidad de dinero. Bienvenida, señora muerte. Aquí estoy. Llévame contigo y acaba con esta vida que vivió y murió cómo quiso hacerlo. Es el fin. Adiós.

FIN

www.ingramcontent.com/pod-product-compliance
Lightning Source LLC
Chambersburg PA
CBHW071355170626
46811CB00003B/1135

* 9 781738 067824 *